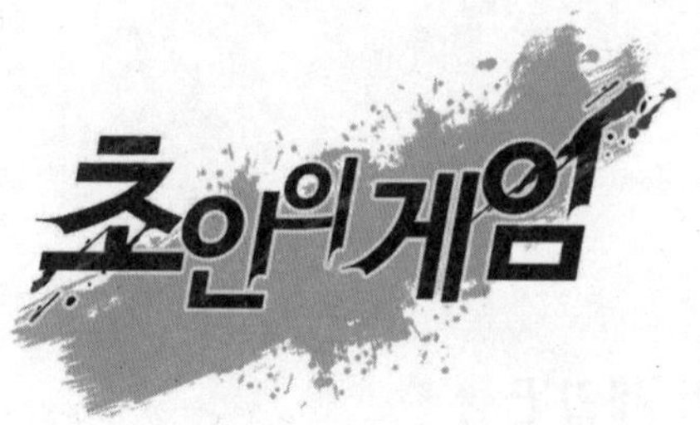
초인의 게임

초인의 게임 8

니콜로 장편소설

초판 1쇄 찍은 날 § 2019년 4월 24일
초판 1쇄 펴낸 날 § 2019년 5월 1일

지은이 § 니콜로
펴낸이 § 서경석

총괄팀장 § 최하나
편집책임 § 김경민

펴낸곳 § 도서출판 청어람
등록번호 § 제387-1999-000006호
등록일자 § 1999. 5. 31
어람번호 § 제1-3019호

주소 § 경기도 부천시 부일로 483번길 40 서경B/D 3F (우) 14640
전화 § 032-656-4452 팩스 § 032-656-4453
http://www.chungeoram.com
E-mail § chungeorambook@daum.net

ISBN 979-11-04-91986-2 04810
ISBN 979-11-04-91846-9 (세트)

청어람

8

니콜로 장편소설

초인의 게임

FUSION FANTASTIC STORY

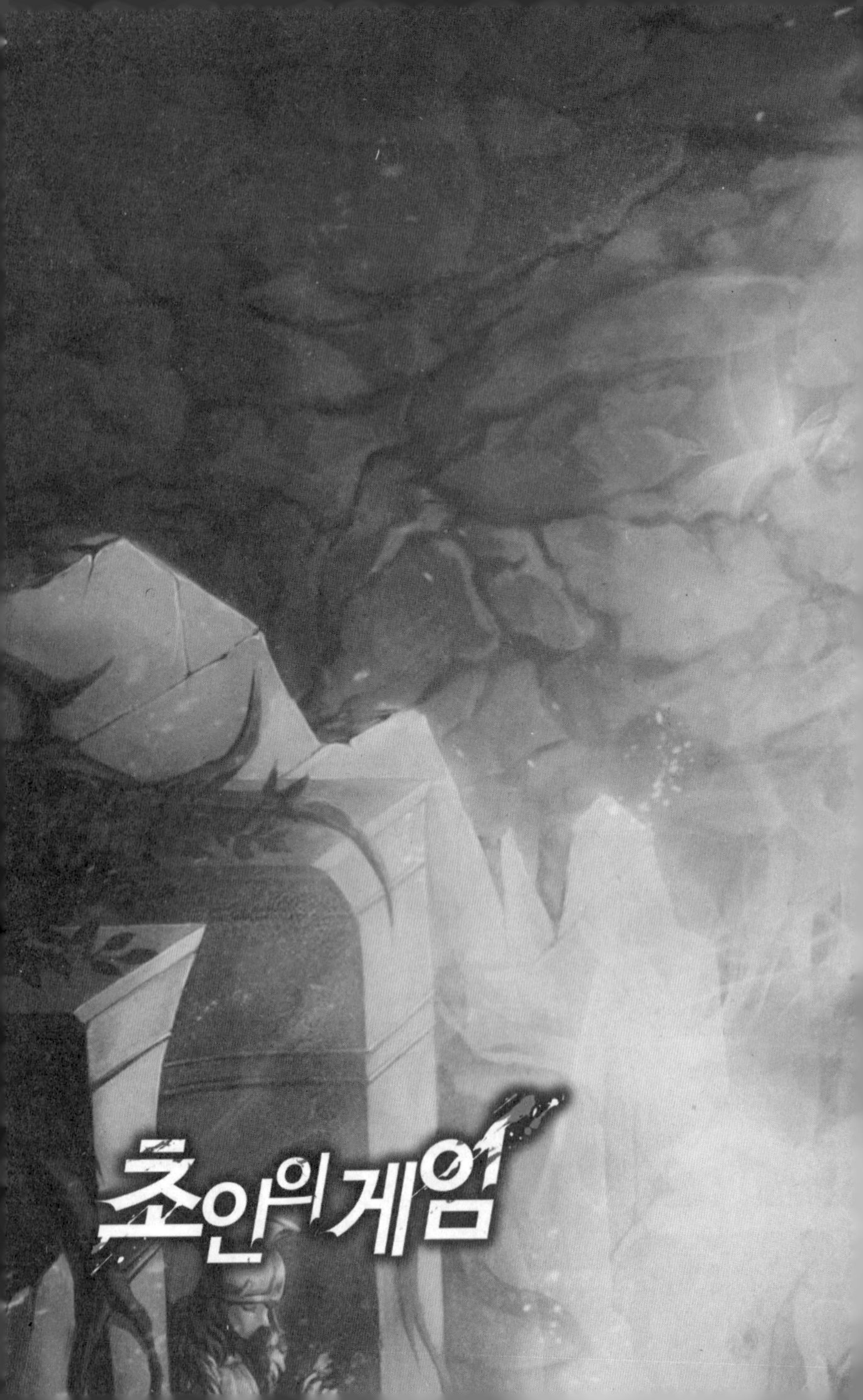

초안의 게임

◈Contents◈

제1장

동료II

〈YSM, 베를린 블리츠와 평가전서 분투. 월드 챔스 청신호?〉

〈YSM, 베를린 블리츠 상대로 2—1 접전〉

〈서문엽의 YSM, 몇 년 사이에 강팀으로 변모하다〉

한국에 돌아오니 베를린 블리츠 BC와의 시범 경기로 떠들썩했다.

세계 최고의 클럽을 상대로 그 정도의 치열한 경기를 펼친 팀이 지금껏 아시아에 없었기 때문이다.

특히나 서문엽의 엄청난 활약을 담은 영상은 인터넷에서 높은 조회 수를 기록하고 있었다.

거기에 피에트로도 여러 가지로 화제를 만들어주었고 말이다.

〈특급 원딜 피에트로 '배틀필드, 놀이에 불과'〉

〈귀화 선수 피에트로 아넬라 '밸런스 고려해 전력 다하지 않았다'〉

〈슈란의 소멸 광선 막아내는 피에트로(사진)〉

소멸 광선을 막는 13겹의 마법진은 그 자체로도 무척 화려한 그림이었다.

전력을 다하면 밸런스가 붕괴될까 봐 쉬엄쉬엄했다는 명언까지 날려줬으니, 인터넷 커뮤니티에 수많은 떡밥이 쏟아졌다. 주로 '피에트로 대 로이 마이어'를 주제로 논쟁이 벌어졌다.

—봤냐? 피에트로 형님께서는 지금껏 전력을 다하지 않고 계셨다. 밸런스 붕괴되면 재미없으니까! 이게 다 너희를 위해서였다.

—너무 세서 밸런스 깨질까 봐 걱정해 주신 아량이라니. 형님 너무 멋지십니다!

—피에트로 허언증 오지네;;

—피에트로는 초능력은 센데 로이 마이어 같은 두뇌 플레이가 없음. 아직 멀었다.

ㄴ밸런스 고려해서 대충 하셨던 거다.

로이 마이어는 잘생긴 외모와 신사적인 성품, 화려한 초능력들로 팬들이 많았지만, 피에트로 역시 귀화하여 한국인이 된 탓에 팬덤이 기하급수적으로 불어나고 있었다.

그런데, 거기에 더 큰 화제가 하나 추가되었다.

그것은 바로.

〈'망한 7영웅' 48세의 칸 아르얀, 선수 데뷔?〉

〈7영웅 동료 칸 아르얀, 서문엽의 YSM에 영입〉

〈서문엽, 7영웅 동료 칸 아르얀 선수로 영입〉

〈서문엽 '칸 아르얀 선수로 뛸 역량 충분'〉

칸 아르얀이 서문엽에게 영입되어 YSM에 입단한 사실은 전 세계적으로 화제가 됐다.

서문엽이야 17년을 건너뛴 터라 실질적인 나이는 30대였지만, 칸 아르얀은 달랐다.

한때 7영웅의 멤버로서 뛰어난 활약을 했던 초인이나, 그 뒤 무려 20년을 술과 도박에 빠져 지낸 48세의 중년이었다. 얼굴은 엄청난 동안이지만 선수로 뛰기에는 지나치게 늦었다.

어쨌든 인류를 구한 7인의 초인 중 하나였다.

그 7인 중 가장 불행해진 케이스였는데, 배틀필드를 통해 재기할 수 있을지 세간의 관심이 쏠렸다.

YSM은 기자회견을 열었고, 서문엽과 칸 아르얀이 회견에 참가했다.

칸 아르얀은 힌디어와 영어만 알 뿐, 한국어를 모르기 때문에 서문엽이 통역을 할 겸 거의 모든 질문에 대답했다.

"칸 아르얀 씨는 선수로서 은퇴하고도 남을 나이인데 선수로 기용한 것이 확실합니까?"

"네, 선수입니다. 경기도 뛸 거고요."

"선수로서 칸 아르얀 씨의 경기력이 어느 정도일 거라고 예상하십니까?"

"재활 훈련을 해야 하지만, 지금도 한국은 씹어 먹습니다."

서문엽의 말에 기자들은 놀라 웅성거렸다.

한국 수준이 낮아도 설마 48세의 초인을 못 당할까? 아무리 7영웅 출신이라도 말이다.

그런데 서문엽의 영입은 한 번도 실패한 적이 없었다. 정말 칸 아르얀이 맹활약을 한다면 엄청난 뉴스였다.

"어떻게 해서 칸 아르얀 씨를 영입하게 되셨습니까?"

"도박 끊고 일을 하면 가족과 다시 합칠 수 있답니다. 다시 잘살아보려는 애니까 응원합시다."

"…끊을 수가 있을까요?"

한 기자가 회의적인 시각으로 질문했다.

서문엽은 인자한 미소를 지었다.

"제가 관리하는 동안은 괜찮을 겁니다. 어느 날부터 얘가 실종되면 또 도박하다가 나한테 살해당한 걸로 아십쇼."

그렇게 칸 아르얀의 YSM 입단 기자 회견은 몇 차례의 질문이 더 오간 뒤에 마무리되었다.

칸 아르얀은 곧 협회에 선수 등록을 하고 아바타를 만들었다. 물론 아바타는 별 이상 없이 그대로 적용되었다. 슈란, 서문엽, 피에트로처럼 페널티를 받는 사례는 극히 드물었으니까.

정식으로 선수가 되자, YSM의 훈련에 참가하게 되었다.

소식을 들었는지, 인도에서 손님이 찾아왔다.

바로 칸 아르얀의 아내였다.

"직접 뵙는 것은 처음이네요."

갈색 피부의 미녀가 서문엽에게 영어로 인사했다. 한때 던전 공략으로 이름 날린 초인이라는 게 믿겨지지 않는 아름다운 여자였다.

"그러고 보니 뵐 일이 없었네. 반갑습니다, 제수씨."

서문엽도 인사에 화답했다.

칸 아르얀은 아내 앞에서 몸 둘 바를 몰라 하고 있었다. 하도 지은 죄가 많다 보니 이제 그냥 같이 있기만 해도 조건반사로 고개가 숙여지는 모양이었다.

"제 못난 남편에게 재기의 기회를 주셨습니다. 제가 어찌 보답해야 할까요."

"선수로 써먹으려고 영입했는데 저야 좋죠."

그 대답에 칸의 아내는 눈을 빛냈다.

서문엽은 미소를 지었다. 분석안으로 칸의 아내의 초능력이 보였다.

—견고한 정신: 어떤 일에도 동요하지 않는다.

—거짓 간파: 어떠한 종류의 거짓에도 속지 않는다.

정말 기막힌 초능력이었다. 둘 다 서문엽이 높이 사는 종류의 초능력이었다. 특히 거짓 간파는 싸우는 상대의 속임수도 알아차릴 수 있으니 전투에도 유용하다.

'아깝네. 젊었으면 영입할 텐데.'

어쨌든 칸의 아내는 거짓 간파로 서문엽의 말이 사실임을 느꼈을 터였다.

칸의 아내는 이채를 띠며 물었다.

"정말 남편이 아직 선수로 뛸 수 있는 건가요?"

"월드 챔스까지 데려갈 겁니다. 이 녀석이 생긴 것처럼 몸도 잘 안 늙어요."

"아직도 그 정도라니……."

서문엽의 말에 과장됨이 없다는 것을 느낀 칸의 아내는 기가 차서 칸 아르얀을 노려보았다.

"이 못난 화상아, 그 축복받은 몸으로 도박이나 했냐!"

"미, 미안……."

"50 바라보는 나이에도 월드 챔스에 갈 수 있었는데, 젊었을 때 성실했으면 더 잘했을 거 아냐!"

"며, 면목이 없어."

사실 젊었을 때 세상 구했으니 아예 헛산 건 아니었다.

"네 아들이 어릴 때 학교에서 '네 아빠는 도박하느라 장기도 하나 없다며?'하고 놀림받아서 울며 돌아온 적이 있었는데, 넌 정말로 장기를 담보로 잡은 계약서를 쓴 적 있었지!"

"그, 그 얘기가 왜 또 나와. 내 장기는 멀쩡해! 그 녀석들은 다 손봐줬다고!"

"자랑이다!"

빼액 소리 지르는 아내 앞에서 칸 아르얀은 고개를 땅에 닿을 정도로 숙였다.

코미디 같은 부부 싸움을 듣다 보니, 서문엽은 문득 칸 아르얀이 그동안 범죄 조직들과 얽히는 바람에 아직도 기량 저하가 안 됐나 의심했다.

칸의 아내는 다시 서문엽에게 말했다.

"모쪼록 저희 남편이 다시는 도박에 손 안 대게 부탁드립니다."

"걱정 마세요. 걸릴 때마다 죽기 직전까지 팰 거니까. 죽음에 대한 공포가 도박에 대한 욕망보다 강한 법이잖아요."

"……."

칸의 아내는 서문엽을 빤히 보다가 칸 아르얀에게 말했다.

"진심인데. 한 톨의 과장도 없어."

"허억!"

서문엽은 안색이 창백해진 친구에게 인자한 미소를 지어주었다.

칸의 아내는 며칠간 칸 아르얀과 함께 있으면서 쉴 새 없이 잔소리를 했는데, 그 모습이 의외로 잘 어울렸다.

아내가 돌아가고 난 뒤, 칸 아르얀은 정식으로 팀 훈련에 참가했다.

피지컬 테스트는 이미 아바타 등록을 할 때 측정했다.

아바타를 테스트할 때 측정하는 것은 근력, 민첩성, 오러양인데, 이 중 민첩성과 오러양이 아직도 정정해서 코치진이 기함을 했다.

"민첩성이 아직도 상위권입니다!"

"오러양도 준수하고. 정말 선수로 쓸 만한데요?"

"대체 구단주께서는 이걸 어찌 알아보셨는지."

"지구력이 많이 떨어져 있는데, 피지컬은 이 부분을 중점적으로 보강하면 되겠군요."

가브리엘 감독은 칸 아르얀의 현 상태와 나이를 감안하며 신중하게 훈련 계획을 짰다.

실전 테스트도 거쳤다.

칸 아르얀은 던전에 금방 적응했다.

처음에는 조금 헤맸는데, 괴물과 맞닥뜨리자 금방 적응했다.

좌좌좌착!

세르펜을 상대로 칸 아르얀은 매섭게 쌍단검을 휘둘렀다.

손잡이에 동그란 고리가 달려서 손가락에 끼고 돌릴 수 있는 두 자루의 단검은 치명상보다는 조금이라도 생채기를 입히는 데 특화되었다.

왜냐하면.

"크어어어어!"

세르펜이 고통에 날뛰었다.

두 자루의 단검에 맹독이 맺혀 있었기 때문이다.

분노한 세르펜이 미쳐 날뛰었지만, 칸 아르얀은 순간적으로 세르펜의 시야에서 벗어나더니 '무음'으로 소리 없이 움직여 세르펜의 감각을 교란시켰다.

금방 세르펜이 잡혔다.

"후우, 어땠어? 오랜만이라 시간이 좀 걸렸네."

"허풍 떨지 마. 현역 때도 세르펜 잡는 건 그 정도 속도였으니까."

"그런가?"

죽은 세르펜 앞에서 대화를 나누는 두 사람을 보며, 선수들은 혀를 내둘러야 했다.

"7영웅이라더니."

"사냥 속도는 정말 빠르다."

"저게 어딜 봐서 48세야?"

외모도 그렇고 실력도 그렇고, 나이답지 않은 칸 아르얀이었다.

뜬금없이 새로 영입되어 나타난 칸 아르얀은 뜻밖에도 날랜 몸놀림과 능숙한 사냥 솜씨로 같은 포지션의 근접 딜러들을 긴장시켰다.

지난번 베를린 블리츠와의 평가전에서 출전한 근접 딜러의 숫자는 3명인데, 사니야야 붙박이 주전이지만 나머지 두 자리는 경쟁이 더 치열해진 셈이었다.

칸 아르얀의 합류로 YSM은 더욱 힘을 받았다.

이는 비단 칸 아르얀 본인의 역량 때문만이 아니었다.

"자, 경기가 시작되면 바로 무기를 칸에게 건넨다. 최대한 빨리하는 거야! 특히 활쟁이들 두 명! 너희 화살은 꼭 칸에게 부탁해서 독을 발라야 해!"

"옛!"

바로 칸의 초능력 '맹독' 덕분이다.

소지하고 있는 무기에 맹독을 깃들게 할 수 있는 칸의 초능력을 활용, 모두가 독이 발린 무기로 무장할 수 있었다.

특히나 이나연과 개리 같은 활잡이들에게는 더없이 유용했다.

위력이 다소 약한 화살에 독이 첨가되어 사냥이 더 빨라졌을 뿐더러, 잘하면 킬도 노릴 수 있게 된 것이다.

"아, 바쁘다. 서문, 이거 노점 장사 하는 것 같은 기분이야."

계속 동료들의 무기에 독을 첨가한 뒤 돌려주는 일을 반복한 칸은 진땀 흘리며 토로했다.

서문엽은 만족스러운 표정으로 대꾸했다.

"축복받은 줄 알아. 넌 이 초능력 하나만 갖고도 배틀필드로 먹고살 수 있어. 애들이 네가 독을 발라준 무기로 킬을 거두면, 넌 자동으로 어시스트를 추가하게 되는 거라고."

"어라? 진짜야?"

"그래. 가만히 앉아서 어시스트를 기록하는 건데, 잘하면 한 경기 최다 어시스트 기록도 갈아치우겠다. 그럼 어시스트 수당도 많이 받을 수 있고, 이런 꿀 빠는 포지션이 어디 있어?"

"그러네."

칸의 입이 귀에 걸렸다.

그의 맹독은 최대 30분간 지속되는데, 30분마다 독을 발라주는 일을 하면 되는 거여서 어려울 게 없었다.

나이 탓에 지구력이 많이 떨어져 있는 칸이지만, 그 지구력이 재활 훈련으로 올라오지 않는다 해도 서문엽은 칸에게 주는 주급이 아깝지 않았다. 처음부터 이런 활용을 계획하고 있었기 때문.

독으로 무장한 YSM의 사냥 속도는 전보다 더 빨라졌다.

무려 1.3배 빨라진 사냥 속도!

거기에 가브리엘 감독의 주문에 따라, 동료를 활용하는 연계 플레이를 보강하여 속도는 더 빨라졌다.

2024년, 전반기 시즌을 앞둔 YSM은 하루가 다르게 강해지고 있었다.

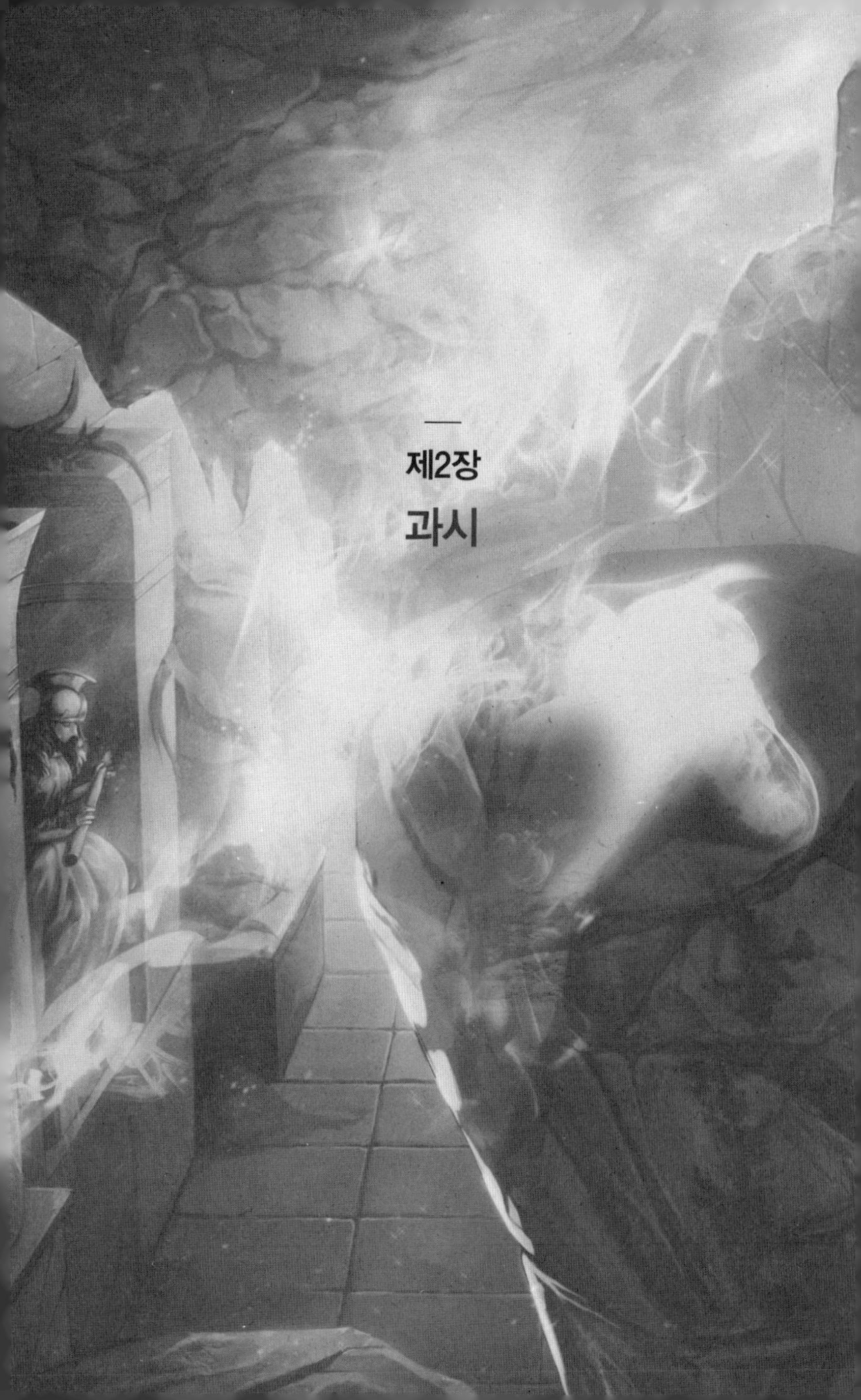

제2장
과시

〈7영웅의 시대가 돌아오나〉

칸 아르얀의 등장으로 7영웅에 대한 주목도가 높아졌다. 그래서 이를 자세히 다루는 언론 매체도 늘어났다.

17년의 세월을 건너뛰고서 젊음을 유지한 채 나타난 서문엽.

원체 어렸기 때문에 적절한 나이에 선수로 나타난 슈란.

세계적인 감독으로 활약한 엠레 카사.

대한민국 국가 대표 팀 감독으로 나타난 백제호.

그리고 이제는 폐인이 된 채 역사의 뒤안길로 사라지나 싶었던 칸 아르얀까지 선수로 나타났다. 칸 아르얀의 선수 데뷔는 누구도 예상 못 한 깜짝 뉴스였다.

칸 아르얀이 이제 와서 선수로서 가치가 있을까?

그것은 모두가 주목하는 일이었다.

'선수라니…….'

가장 머릿속이 복잡해진 사람은 엠레 카사 감독이었다.

그는 한국 경기를 관람하기 위해 TV 앞에 앉았다. 이제 곧 칸 아르얀이 출전하는 데뷔전 경기가 시작된다. 아마 전 세계가 이 경기를 지켜보고 있으리라.

'코치로 영입할 줄 알았더니, 선수라니. 서문엽이 칸에게서 무엇을 본 거지?'

겉보기엔 아닌 것 같아도, 엠레 카사 감독은 세상에서 서문엽을 가장 고평가하는 사람 중 하나였다. 서문엽이 선수로 영입했다면 분명 그만한 이유가 있을 거라고 생각했다.

'젊은 적 칸 아르얀은 대단했지. 결점이 없고 소리 없는 전투는 위협적이었어.'

7영웅 멤버는 전부 7인에 뽑힐 만한 역량이 있는 인물들이었다. 그 시절의 칸 아르얀을 저평가하는 사람은 없었다.

'하지만 이제 와서? 혹시 한국 리그에서만 써먹으려고 영입했나?'

많이 쇠락했어도 칸 아르얀이라면 아직 한국 리그 정도에서는 통할 수도 있었다.

스피드 빼면 시체였던 백제호도 일전에 올스타 이벤트 경기에서 활약하지 않았던가.

그러나 엠레 카사 감독은 서문엽이 고작 그 정도 목적으로 선수 영입을 했다고 생각지 않았다.

'한창 키우고 있는 어린 선수들이 많아. 출전 기회는 그 어린 선수들에게 몰아줘도 모자란데 늙은 옛 동료를 쓸 이유가 없지. 그럴 거였으면 차라리 코치나 시켰을 거야.'

즉, 선수로서 가치가 있다고 판단했으니까 YSM 같은 작은 클럽에서 그만한 연봉을 주고 영입한 것이리라.

코치가 되고 싶다고 찾아온 칸 아르얀을 매몰차게 거절했던 엠레 카사 감독으로서는 못내 신경 쓰였다.

혹시나 그렇게 걷어차 버린 칸 아르얀이 실은 훌륭한 선수감이었다면 속이 쓰릴 터였다.

그리고 YSM의 전력이 강화된다는 게 더 문제였다.

'아직 미숙하지만 만만치 않은 팀이었다. 서문엽과 피에트로가 있고, 사니야 같은 재능 있는 선수도 있었어. 개리 윌리엄스도 원거리 딜러로서 예상보다 훨씬 움직임이 좋았지. 파울 콜린스도 어설프지만 단단했고.'

YSM이 거기서 옵션을 하나 더 추가한다면, 그리고 미숙한 팀플레이를 보완한다면, 그때는 월드 챔피언스 리그에 또 다른 강적이 탄생하는 거였다.

칸 아르얀은 젊을 적에는 엄청난 초인이었기 때문에 분명 가능성이 없다고 할 수 없었다.

—선수들이 입장합니다. YSM, 그리고 상대 팀은 쌍성 스피리츠라는 한국 팀입니다. YSM이 나타나기 전까지는 매 시즌 우승 후보 클럽이었다고 하는군요.

—한국에서는 나름대로 전통의 강호였지만, 지난 시즌에 YSM에게 상대가 되지 못했다고 합니다. 당연한 일이죠. 한국 리그 수준에 베를린 블리츠와 일전을 겨루는 클럽이 나타났는데 적수가 있겠습니까?

경기를 중계해 주는 독일 해설진이 설명을 늘어놓는다.

한국 리그 경기를 독일에서 중계한다.

서문엽이 귀환하기 전에는 상상도 못 했던 일이었다.

독일에서 중계하는 목적은 오직 서문엽이었기 때문에, 중계진의 해설도 서문엽 위주였다.

이제는 서문엽뿐만이 아니라 YSM 자체에 관심을 갖고 분석하는 추세. 그만큼 YSM에 주목할 만한 선수들이 많았기 때문이다.

—칸 아르얀 선수의 얼굴이 보입니다.

—지난번 기자 회견 때는 낯을 많이 가리는 모습이었는데, 지금은 당당하네요. 표정에 자신감이 보여요. 짧은 시간인데

오늘 경기를 위해 준비를 잘한 걸까요?

—원래 평소의 모습과 던전에서의 모습이 전혀 다르기로 유명한 선수였죠. 오늘은 던전으로 향하고 있는데 겁먹을 리 없습니다. 옛날 모습을 다시 보여줬으면 좋겠습니다.

—그래야 더 재밌으니까요.

—하하하하.

—오늘은 피에트로 선수가 빠졌는데, 대신 서문엽 선수가 출전합니다. 쌍성 스피리츠로서는 안됐군요.

—그래도 칸 아르얀 선수의 중요한 데뷔전이니만큼 서문엽 선수도 직접 활약하기보다는 양보를 많이 하겠죠.

경기가 시작되었다.

던전에 접속하자마자 YSM의 선수들이 칸 아르얀에게 자기 무기를 건네기 시작했다. 칸 아르얀은 무기에 맹독을 걸어서 되돌려 주었다.

'맹독을 걸어주는군. 지속시간은 30분이었던가? 저것만으로도 좋은 옵션인데.'

엠레 카사 감독은 옛 기억을 떠올리며 안타까워했다.

모든 선수 무기에 독 속성을 걸어준다는 건 상당히 유용한 서포트였다.

저 초능력에 피지컬도 어느 정도 된다면, 베를린 블리츠 BC의 서브 선수로 기용해도 좋았을 터였다.

'당연히 선수로 쓰는 건 생각도 못 했는데.'

만약 선수로 영입했다면, 이적료 한 푼 안 들었을 것이다. 그게 아까운 엠레 카사 감독이었다.

—무기에 독이 걸려 있어서인가요? 사냥 속도가 상당히 빠릅니다. YSM!

—놀라운 효과입니다. 요즘 잘 쓰지 않는 활잡이를 2명이나 출전시킨 YSM인데요, 화살에 독이 걸려 있으니 위력이 전혀 딴판이 됐습니다!

—화살에 맞고 비틀거리는 괴물들! 독에 대한 내성이 기본적으로 있는 괴물들인데도, 칸 아르얀의 맹독은 정말 강합니다!

—괴물도 저 정도면, 사람에게는 더 잘 통하겠죠. 활잡이 2명이 있는 YSM으로서는 칸 아르얀의 영입이 신의 한 수가 될 것 같습니다.

—물론 칸 아르얀 자신도 어느 정도 경기력이 뒷받침될 때의 이야기죠.

—예, 동료들 무기에 독만 걸어주는 건 서포터입니다. 칸 아르얀은 근접 딜러로서의 역량을 증명해야 합니다!

이나연과 개리 윌리엄스가 빠른 사냥을 주도하고 있었다.

이나연이 괴물들을 유인해 오고, 개리가 저격한다.

개리의 합금 장궁은 놀라운 위력의 화살을 날렸다.

괴물들의 단단한 외피를 뚫고 깊게 틀어박히는 화살. 화살촉의 맹독이 괴물들의 신체 깊숙이에서 퍼져 나간다.

칸 아르얀도 쌍단검을 들고 사냥에 참가했다.

시야 밖에 있다가, '무음'을 펼치고 뛰어든다. 소리가 없어서 괴물은 단검에 찔릴 때까지 알아차리지 못한다.

난도질. 외피를 뚫고 푹푹 찌르는데 소리가 없다.

칸 아르얀의 무음은 이 점에서 적에게 강한 괴리감을 준다.

눈에 보이는데도, 서로 충돌하는데도 소리가 안 나니 차라리 투명화되어 모습을 감췄을 때보다 더 심한 착시를 주는 것이다.

칸 아르얀은 숨었다가 기습하는 암살자가 아니라, 상대의 감각에 괴리감을 주어서 손발이 꼬이게 만드는 전투 수법을 구사한다.

그 옛날, 엄청난 스피드와 순간 이동을 쓰는 백제호와 함께 얼마나 많은 괴물을 쓰러뜨렸던가.

—칸 아르얀! 사냥은 합격점입니다! 대단히 날렵하고 능숙합니다! 20년 가까이 쉰 사람 맞나요?

—선수 복귀하고 준비 기간 없이 바로 투입됐는데도 상당한 솜씨입니다. 역시 옛날의 기억을 떠올린 덕분일까요!

순식간에 1구역을 정리하고, 1구역의 보스 몹인 '살리오릭토'와 맞닥뜨렸다.

살리오릭토는 그리스어로 달팽이와 광물이 합쳐진 합성어였다.

수십 개의 긴 더듬이를 가진 거대한 달팽이인데, 금속과 오러로 이루어진 거대한 껍데기를 짊어지고 있다. 실제로 광물과 오러를 흡수하여 저 껍데기 안에 저장하는 습성을 지녔다.

광물만 있어도 생존하지만, 지저 문명이 개조한 괴물들이 흔히 그렇듯 살아 있는 먹이를 환장하게 좋아한다.

서문엽이 방패를 가로로 눕혔다.

칸 아르얀은 싫은 기색이었지만 서문엽이 노려보자 순순히 방패 위에 올라탔다.

서문엽이 칸 아르얀을 힘껏 던졌다.

살리오릭토의 몸 위로 날아드는 칸 아르얀.

수십 개의 더듬이가 쏘아졌지만 정확도가 낮아 피하기 쉬웠다.

공중에서 몸을 비틀며 모두 피해낸 칸 아르얀이 머리 위에 착지.

쌍단검을 흐물흐물한 몸 위에 박아 넣으며 공격을 개시했다.

살리오릭토가 격렬히 몸을 비틀며 더듬이로 마구 공격했다.

칸 아르얀은 갈대숲을 헤치고 지나가듯, 유연하게 더듬이를 피하거나 단검으로 베며 그 사이를 누볐다. 쌍단검을 교차하며 베니 단단한 더듬이도 쉽게 잘려 나갔다.

—정말 날렵합니다, 칸 아르얀!

—저 사이를 마음대로 누비네요! 더듬이들을 다 피하고 있습니다! 아직 죽지 않은 7영웅의 클래스를 보여줍니다!

서문엽이 창을 던져서 마무리 지었다.

—1구역이 붕괴됩니다. 60초, 59초, 58초…….

—벌써 1구역 클리어! YSM, 베를린 블리츠와의 시범 경기 때도 그랬지만 사냥 속도가 무척 빨라요.

—사냥은 배틀필드의 기본입니다. 배틀필드의 취지가 또 다시 전쟁 때처럼 괴물들이 나타났을 때 대항할 능력을 기르는 것 아니겠습니까? 사냥이 느린 팀은 강팀이 될 수 없어요. YSM은 그 점을 생각해 기본기를 다지려고 하고 있습니다. 오늘 보니 성공적인 것 같네요.

경기가 지속되면서, 쌍성 스피리츠 선수들과 마침내 충돌했다.

쌍성 스피리츠는 상대가 YSM이다 보니 무려 5탱커를 동원했다.

방어에 전념하고 무리하게 공격 들어온 적을 커트해서 역습을 꾀한다는, 강팀을 상대하는 약팀의 기본 전술이었다.

하지만 결과적으로 5탱커는 YSM을 상대로 독이 되었다.

이나연이 '점프'로 사방팔방 날뛰며 독화살을 뿌린 것이다.

본래 화살 자체는 별 위협이 안 되던 이나연이었지만, 칸 아르얀의 맹독과 합쳐지자 엄청난 시너지 효과가 일어났다.

동서남북과 공중에서 마구 날뛰는 이나연에 의해 쌍성 스피리츠의 진형이 붕괴되었다.

서문엽은 직접 나서지 않고 칸 아르얀에게 턱짓했다.

칸 아르얀이 진형 붕괴된 적 틈으로 파고들었다.

개리가 합금 장궁으로 저격을 하여 지원사격을 해주었다.

쌍단검의 동그란 고리를 손가락에 걸고 빙글빙글 돌리며 침투한 칸 아르얀. 적들 사이를 누비며 주위의 적들에게 닥치는 대로 생채기를 입혔다. 독이 상처를 통해 스며들어 적들을 죽였다.

단검이 살갗을 베고, 무기끼리 충돌해도, 빠르게 뛰어다니는데도, 소리가 없다.

눈앞에 보이는데도 소리가 안 나니 감각이 왜곡되는 착시를 느꼈다.

숨 가쁜 싸움에서 선수들은 오로지 감각과 본능에 집중한다. 그런데 그 감각 중 청각이 왜곡되니 손발이 어지러워질 수 밖에 없었다.

—칸 아르얀, 1킬.
—칸 아르얀, 2킬.

2킬을 거두고 빠져나온 칸 아르얀.

하지만 그 후에 중독된 쌍성 스피리츠 선수들이 더 죽어나갔다.

—칸 아르얀, 3킬.
—칸 아르얀, 4킬.

칸 아르얀이 활약하니, 같은 포지션인 사니야도 자극받았다. 근력 강화로 힘을 40% 상승시킨 뒤 장창을 휘두르며 지리멸렬한 적들을 분쇄한다.

—사니야 아흐메토바, 1킬.
—사니야 아흐메토바, 2킬.

지원사격만 하던 이나연과 개리도 1킬씩 거두었다. 화살에 독이 맺혀 있는 덕분이었다.

심영수도 '속박'을 걸며 동료들을 보조.

서문엽이 가만히 있어도 쌍성 스피리츠는 그야말로 믹서에 갈려 나가듯 박살 났다. 무려 5탱커였음에도.

'강팀이다.'

엠레 카사 감독은 저도 모르게 주먹을 불끈 쥐었다. 월드챔스 우승을 방해하는 또 다른 강적이 생겼다는 긴장감 때문이었다.

그의 심정을 독일 중계진이 대변해 주었다.

—칸 아르얀 선수 대단합니다! 1세트에서 4킬 7어시! 본인의 킬 능력도 증명했고, 동료들의 무기에 맹독을 걸어준 덕에 어시가 자동으로 쌓였습니다. 구단주 서문엽, 저런 근접 딜러를 이적료 한 푼 없이 얻었네요.

—YSM을 상대해야 하는 팀들은 배가 아프겠어요.

*　*　*

한국은 외국인 선수 제한이 5인인데, 본래 3인이었다가 선수층이 너무 얇아서 확대했다.

배틀필드 초창기에 해외로 떠났던 한국 출신 초인들을 다시 불러들일 목적도 있었다. 일단 외국인 용병으로 오게 한 뒤에 국적을 다시 회복하게 하려는 의도였다. 초인은 국력이었으니까.

그러나 한 번 떠난 이들은 돌아오지 않았다.

전쟁이 끝난 후, 거짓말처럼 시작된 초인에 대한 편견과 두려움, 각종 사회적 제약 등에 실망한 탓이었다.

외국인 용병도 한국에 오려는 선수는 제한적이었다. 커리어의 무덤인 이곳에 오는 외국인 선수는 한국 선수들과 그리 큰 실력 차이가 없었다.

그런데 외국인 용병을 엄청난 실력자로 채운 팀이 있었다.

단연 YSM.

베를린 블리츠 BC의 유망주 출신 파울 콜린스.

빅 클럽들도 탐내는 카자흐스탄의 천재 소녀, 사니야.

빅 리그를 두루 경험한 베테랑 개리 윌리엄스.

거기에 7영웅 출신 칸 아르얀까지.

피에트로는 한국에 귀화했으니, 아직 외국인 선수를 하나 더 영입할 수 있었다.

도저히 한국의 다른 팀들이 보유할 수 없는 퀄리티 높은 용병 군단!

YSM에게 학살당하는 다른 팀들로서는 달갑지 않은 일.

그러나 서문엽 덕에 KB―1 리그의 중계권이 엄청나게 팔려나갔고, 배틀필드에 대한 국민적 관심도 늘어나 클럽들의 수입도 덩달아 늘었다.

클럽들은 그런 돈으로 좋은 지도자를 영입하는 데 투자했다. 이제 한국 선수도 해외 진출이 활발해졌다. 유망주를 잘 키우면 비싸게 팔 수 있다. 그러니 선수를 잘 키워줄 지도자가 필요한 것이다.

해외 스카우터들의 주목을 받는 리그가 된 덕에 이곳에서 뛰겠다는 외국인 선수도 전보다 늘었다. 그런 용병들과 경쟁하기 위해 한국 선수들도 훨씬 더 노력하게 되었다.

이래저래 서문엽에 의해 한국 배틀필드가 급성장을 이루고 있었다.

"쌍성 스피리츠 애들도 작년보다는 많이 늘었네."

칸 아르얀의 충격적인 데뷔전이 끝났다.

1세트 때 무참히 깨진 쌍성 스피리츠는 의외로 2세트는 완강히 저항했다.

1세트는 칸 아르얀의 효과를 몰랐기에 5탱커로 거북이 작전을 펼쳤지만, 2세트는 4탱커로 줄이고 한 타 싸움의 포메이션을 바꿔서 치열하게 맞섰다.

효과가 있었는지 칸 아르얀은 1세트와 달리 2킬 9어시 정도로 그쳤다. 물론 이것도 엄청난 기록이었지만 말이다.

대신 사니야가 필살기인 '근력 강화' 후 '양손 내리 찌르기'를 펼쳐 탱커 라인을 강제로 부수며 3킬 4어시를 올렸다.

"쌍성 스피리츠도 지난 시즌 말에 코치진을 새로 구성했습니다. 유럽에서 데려온 인사가 많이 포함되어 있다고 들었습니다. 얼마 전에 은퇴하고 지도자 인생을 시작한 선수도 포함되어 있는데, 과연 한 타 싸움을 벌이는 포지션이 좀 더 세련된 모습입니다."

가브리엘 감독이 말했다.

서문엽은 만족스러운 얼굴로 고개를 끄덕였다.

"더 발전해야지. 그래야 상대할 맛이 나지."

오늘 서문엽은 잠잠했다. 되도록 나서지 않고, 팀플레이가 매끄럽게 연결되도록 돕는 역할만 했다. 피에트로는 아예 출전도 하지 않았고 말이다.

그 덕에 칸 아르얀의 확실한 데뷔전이 되었으며, 다른 선수들도 파워풀한 플레이를 해서 에이스 한둘에 의지하지 않는 진정한 강팀의 면모를 보여주었다.

승리 후에 인터뷰가 있었는데, 이번에도 통역 역할로 서문엽이 칸 아르얀, 가브리엘 감독과 함께 기자회견에 나왔다.

"감독님, 칸 아르얀 선수의 활약을 어떻게 평가하십니까?"

"구단주가 장담하던 대로 대미지 딜링이 훌륭한 근접 딜러였고, 그의 맹독은 전술적으로 높은 가치가 있었습니다. 나이에 비해 몸 상태가 아주 좋아서 놀랍기도 했습니다."

가브리엘 감독은 칸 아르얀의 실력을 칭찬했다.

칸 아르얀에 대한 질문도 이어졌지만, 얼마 전에도 기자 회견을 했기 때문에 이제 궁금한 점이 별로 없었다.

마지막으로 서문엽에게 질문이 갔다.

"올해 목표가 월드 챔스라고 여러 번 언급하셨는데, 현재 전력으로 목표를 어디까지 이룰 수 있다고 생각하십니까?"

"현재는 4강도 힘들 것 같습니다. 하지만 아직 시간이 남아 있고, 계속 준비하고 있는 게 있습니다. 월드 챔스 무대에 나왔을 때 우리가 완전히 준비된 상태라면, 우승도 가능하다고 봅니다."

서문엽이 준비 중인 것이 두 가지 있었다.

하나는 신수경.

이제 막 프로가 된 풋내기였지만, 재능은 거의 백하연에 필적하는 수준으로 한국 선수 중 역대급이었다. 쌍둥이 동생 신태경이 역대급 재능으로 유명세를 떨치고는 있지만 말이다.

경기도 나가지 않은 채 훈련만 하며, 실전도 오직 서문엽이 일대일로 봐주고 있다. 처음부터 눈높이를 세계 레벨로 맞추기 위함이었다.

그렇듯 비밀 병기로 키우는 신수경이 서문엽이 갈고닦고 있는 회심의 카드였다.

준비 중인 다른 하나.

그것은 바로 서문엽 자신이었다.

—영혼 연성: 육신이 한계를 넘어도 깨지지 않는다. 극한에 도달한 능력치가 1씩 한계가 늘어난다.

재능에 한계가 없어진 서문엽.

언젠가 예언의 괴물과 대적할 날에 대비하여 끊임없이 수련 중이다.

계속 선수들을 지도하면서 배틀필드를 하고 있는 이유도, 바로 자신의 성장을 위해서였다.

—대상: 서문엽(인간)

—근력 94/95

—민첩성 98/99

—속도 95/96

—지구력 97/98

—정신력 110/111

—기술 105/106

—오러 105/106

—리더십 100/101

—전술 100/101

—초능력: 분석안, 던지기, 불사, 증폭, 영혼 연성

근력은 92에서 94로 2 올랐다.

속도도 94에서 95로 1 증가.

지구력은 95에서 97로 2 높아졌다.

약점이었던 근력과 속도가 이제는 세계에서도 수위에 올랐다.

묵직하게 힘으로 버티고 서는 클래식 탱커들과 비교해도 수위에 이른 힘과 지구력을 갖고 있으면서도, 스피디하고 테크니컬한 스타일을 구사하는 말도 안 되는 사기 캐릭터였다.

이렇듯 모든 면에서 완벽하니, 세계에서 가장 실력 좋은 선수들만 모여 있는 베를린 블리츠 BC를 상대로도 혼자 서너 명씩 상대할 수 있는 것이었다.

그러나 애당초 도달하고자 하는 경지가 남들과 차원이 다른 서문엽은 이에 만족할 리 없었다.

'이제 능력치가 높아져서 쉽게 안 오른단 말이야.'

그가 도달하고자 하는 목표는 만인릉 황제의 수준.

언데드가 되어 힘이 약해졌음에도 어마어마한 수준이었던 만인릉 황제. 살아생전에는 대체 얼마나 강했을지 상상도 가지 않는다.

예언의 괴물과 싸우려면 최소한 그 정도는 되어야 한다. 그때 이후로 세월이 더 흘렀으니, 그동안 괴물은 더 강해졌을 게 아닌가?

"불사'나 '무기 영체화' 없이도 베를린 블리츠 같은 녀석들을 혼자 쓸어버릴 정도는 되어야 하는데.'

실로 어마어마한 목표치를 잡고 있는 서문엽.

사실 배틀필드의 아바타 서문엽과 실제의 서문엽은 강함의 차이가 너무 컸다.

서문엽이 만약 영체로 변신하거나 '무기 영체화'를 펼치면 몇 명이 덤비든 스포츠가 아니라 일방적인 학살이 될 터였다.

그것은 모든 재주를 다 펼칠 수 없는 피에트로와 같은 상황이다.

그럼에도 배틀필드에 전념하는 것은, '불사'나 '무기 영체화' 이외의 부분을 단련할 필요가 있었기 때문이다. 구체적으로는 근력, 민첩성, 속도, 지구력 등 피지컬 말이다.

'그런데 역시 혼자서 수련하는 것으로는 한계가 있어. 죄다 100이 넘거나 100에 가까워지니까 더럽게 안 오르네.'

독자적인 수련법으로는 한계가 보였다.

본래 그 정도 능력치면 이미 최상의 수준이라 거기서 1이라도 더 올리기가 쉬울 리 없었다.

그럴수록 더욱 전문가가 필요하다고 느꼈다.

다행히 YSM은 가브리엘 감독부터 시작해서 선수 육성에 특화된 코치진이 많았다.

경기가 끝난 후, 서문엽은 가브리엘 감독과 면담을 했다.

"무슨 일로 면담을 요청하신 겁니까?"

평소에 자주 둘이 얘기를 나눴지만, 서문엽이 따로 면담을 갖고 싶다고 요청하는 경우는 없었던 탓에 가브리엘 감독은 의아함을 느꼈다.

"감독은 전에 파리 뤼미에르에서 수많은 선수를 키웠었잖아."

"예."

"내가 요즘 성장이 좀 더뎌서 고민이야."

"…네?"

가브리엘 감독은 자신의 귀를 의심했다.

그가 본 구단주는 최근 어마어마하게 성장했다. 그런데 저런 소리를 하다니?

"구단주님, 아시겠지만 구단주님은 유소년도 유망주도 아닙니다. 하루가 다르게 쑥쑥 클 나이는 지나셨지요. 나이를 감안하면 지금의 피지컬 성장 속도도 대단하다고 느껴집니다만."

"그렇긴 한데, 꾸준히 오르다가 요즘 들어서는 진전이 안 보인단 말이지."

"일단, 저는 파리에서 유소년을 지도한 감독이었습니다. 훈련을 시키면 시키는 대로 쭉쭉 성장하는 아이들만 가르쳤죠."

"그렇긴 하지."

"그런데 제가 알기로 구단주님은 이제 단기간에 쉽게 피지컬을 끌어 올릴 수 있는 구간은 지났습니다."

서문엽도 동의하고 고개를 끄덕였다. 그것 때문에 고민이라 면담을 신청한 게 아니겠나.

"이 이상 조급하게 피지컬을 끌어 올리면 신체를 컨트롤하는 균형 감각이 무너져 오히려 역효과일 수도 있습니다. 구단주님도 그 점이 걱정이었습니다만, 다행히 아직까지는 그런 게 없었죠."

"나도 신경 많이 썼으니까."

"예, 자기 자신의 육체이고 구단주님이 스스로의 몸을 잘 컨트롤하니까 그런 피지컬 성장에도 불구하고 플레이에 지장이 없었던 것이죠. 제가 보기에는 지금으로도 이미 충분해 보이는데, 더 욕심낼 필요가 있을까요? 솔직한 평가로는 나단 베르나흐도 무난히 이기실 수 있을 겁니다."

"그래도 아직 부족해. 난 더 강해져야 해."

"흐음……."

가브리엘 감독은 끊임없이 강해지려 하는 서문엽의 심리를 이해하지 못했다.

실제 나이가 30대 초반임에도 불구하고 지난 시즌 피지컬이 더 성장한 것이 경이로웠다.

이전에는 톱3와 최고의 지위를 경쟁할 만했다면, 지금은 이미 세계 최고라 할 수 있는 기량이었다.

그런데도 더 강해져야 한다는 사명감이 보인다.

"피지컬이야 무작정 올리려고 한다면 못 올릴 것도 없습니다. 하지만 균형을 생각지 않은 성장은 역효과인 것을 아실 테지요?"

"알지."

"구단주님은 파울 콜린스처럼 다 덮어놓고 근력만 올리면 되는 것도 아니고, 이나연처럼 달리기만 죽어라 연마해서도 안 됩니다. 구단주님은 현재 최적의 상태로 보여집니다. 그 정도 근력을 가졌으면서 그렇게 빨리 달릴 수 있다는 건 놀라울 정도죠."

이나연은 몸이 가벼워도 된다. 달리기도 해야 하고 점프도 해야 하니 속도만 올인했다.

하지만 서문엽은 가벼워서는 안 된다. 모든 능력치를 고루 최고로 올린다는 것은 이렇게 힘든 일이었다.

"솔직히 말씀드리자면, 지금부터는 전문가가 아닌 스스로 개척하셔야 하는 영역입니다. 어떤 전문가도 육체의 주인보다 더 그 육체를 잘 알지 못하니까요. 균형을 유지한 채 피지컬을 계속 키우시려면 이제는 구단주님이 스스로 몸 상태를 느끼면서 과하지 않는 선에서 연마하셔야 합니다."

"누군가가 지도해 줄 수 있는 수준은 지났다는 뜻이네. 그런데 좀 더 구체적인 조언은 없을까?"

그 물음에 가브리엘 감독은 고민 끝에 말했다.

"구단주님, 더 강해져야 할 필요성을 느끼고 계시는 것이지요?"

"그렇지."

"그런데 정말 더 강해져야 한다는 걸 몸으로 절감한 적이 있습니까?"

"…음?"

"없으셨지요?"

서문엽은 꿀 먹은 벙어리가 되었다.

그러고 보니 만인릉 황제와의 싸움을 마지막으로, 힘든 싸움을 한 적이 없었다.

"베를린 블리츠와 평가전 때는 고전하셨지만 부족함을 느끼실 상황은 없었죠. 그때도 주로 근접 전투보다는 적의 초능력에 의해 당하신 것이니까요. 피지컬이 부족해서 진 적이 없습니다."

그것도 그랬다.

그때 3세트 마지막 상황에서 혼자 4명에게 둘러싸여 싸웠다.

그 와중에도 2킬을 거둔 서문엽.

그러나 베를린 블리츠 선수들은 근접 전투보다 초능력을 활용하며 싸웠다.

가까이서 피지컬과 무기술만으로 싸웠다면 이길 수 있었을 터. 그러나 초능력으로 집중 공격하니, 오러가 거의 소진된 상태로는 견딜 수 없었다.

힘이 더 세야겠다.

더 빨리 움직였으면 좋았을 것을.

이렇게 필요성을 몸으로 체감한 적이 없는 것이다.

그 정도로 서문엽의 육체는 완벽했으니까.

"그런 필요를 몸으로 느낄 만큼 강한 상대와 많이 싸워봐야 합니다. 그런데 제가 알기로 인간 중에는 그런 상대가 없을 것 같군요."

괴물 중에도 없었다.

현재 배틀필드로 출시된 던전 중 서문엽이 혼자서 사냥 못 하는 괴물은 없었다. 구역 보스 몹이든 최종 보스 몹이든 다 잡을 수 있었다.

서문엽은 좋은 생각이 들었다.

'여왕에게 부탁해서 내 연습용 던전을 만들어달라고 할까? 페널티 없이도 접속해서 싸울 수 있고, 그럼에도 이기기 쉽지 않은 엄청난 괴물이 있는 던전으로.'

제3장
선생

'감독 말이 맞아. 실전에서 부족함을 느끼고 보완하는 수련이어야 해.'

그것은 실제로 전쟁 시절 서문엽이 해왔던 방식이었다.

던전을 공략하고, 그 뒤는 경험을 토대로 부족한 부분을 보완하는 수련을 했다.

그런 식으로 능력치를 모두 한계까지 올렸으며, 그 때문에 서문엽은 스스로를 아주 잘 알고 있다고 생각했다.

하지만 그때와 지금의 서문엽은 완전히 달랐다.

부족했던 근력과 속도가 이제 한계가 없어졌다. 또한 '불사', '증폭', '무기 영체화' 등의 초능력도 생겼다.

이 차이가 얼마나 크냐면, 옛날 동료 초인들과 함께 팀을 짜서 사활을 걸고 공략해야 했던 공략 불가 던전들을 이제는 혼자서 공략할 수 있을 정도였다.

실로 엄청난 힘의 격차였다.

과거부터 쭉 고수했던 전투 스타일의 변화가 필요할 수밖에 없었다.

'그래, 과거의 나를 토대로 수련을 했으니 능력치가 늘지를 않지. 실전을 통해서 내 전투 스타일부터 다시 정립해야 해.'

그러려면 서문엽이 목숨을 걸어야 할 정도로 강력한 상대가 필요했다.

'불사', '증폭', '무기 영체화'를 총동원해도 이길 수 없는 막강한 적 말이다.

'강력한 괴물. 즉, 예언의 괴물을 모티브로 삼은 괴물이 있는 던전이었으면 좋겠다.'

그러면 결전의 날에 대비한 전투 시뮬레이션도 할 수 있으니 일석이조였다.

'일단 가능한지 물어봐야겠다.'

서문엽은 피에트로에게 전화를 걸었다.

피에트로는 전화를 받지 않았다. 대신.

파앗!

"뭐냐?"

YSM 클럽하우스의 서문엽 사무실에 피에트로가 불쑥 나타났다. 전화보다 공간 이동이 더 편한 전 지저인 피에트로였다.

"너 예언의 괴물 만나봤지?"

"영령계에서는 여러 번 만났지."

"영령계에서는 어떻게 생겼고 어떤 힘을 갖고 있는지 알 수 없다면서?"

"놈이 숨기고 있는 한은. 영혼을 다루는 능력은 나보다도 뛰어났다. 놈이 숨기면 나는 파악하기 어렵다. 당연히 놈도 내가 실체를 파악하고자 하는 것을 알고 있고."

"영령계 말고 전에 한 번 녀석이 사는 세계에 가서 본 적 있었잖아."

"날 속여서 내 영혼을 붙잡아두려 했었지."

"그때 녀석이 어떻게 생겼고 어떤 힘을 가졌는지 파악은 좀 했어?"

"조금의 빈틈도 없이 날 에워싸서 가둬놓고 있었지. 그래서 어떻게 생겼는지조차 볼 수 없었다."

피에트로의 대답은 다소 실망스러웠다. 하지만 곧 말이 이어졌다.

"하지만 놈의 속박에서 벗어나 탈출하는 과정에서 살짝 존재감을 느끼긴 했지."

"최대한 구체적으로 말해봐."

"수천 년 된 거목처럼 굵은 몸통의 연체동물이었다. 똬리를 틀어서 나를 안에 가뒀었지. 예상컨대 거대한 뱀이었다."

"거대한 뱀이라. 다른 건?"

"똬리를 튼 몸통을 따라서 상상을 초월하는 양의 오러가 강물처럼 흐르고 있었지."

"몸통 자체도 단단하겠지?"

"생체 조작해서 만들어진 괴물이 그 정도까지 성장했으면, 오러를 주입한 무기로 찔러도 상처가 안 날 거다."

"…거 존나 세겠네."

"지금의 짐조차 못 이기거든, 어차피 미래가 없으니 그냥 뒈져라."

만인릉의 황제의 독설이 생각났다.

만인릉 황제는 언데드 상태에서도 무기 영체화를 썼다.

서문엽이 무기 영체화를 터득하지 못했더라면 피에트로와 아무리 합공해도 못 이겼을 터였다.

무기 영체화는 예언의 괴물을 상대하기 위한 최소한의 조건이라는 뜻이었다. 이걸 못하면 생채기도 못 입히니까 말이다.

도무지 희망이 안 보이는 까마득한 대적의 묘사를 들었지만, 서문엽은 기죽지 않았다.

"여왕이랑 얘기해서 그런 괴물을 배틀필드로 구현할 수 없을까?"

"실전 연습용인가."

"그래."

"여왕 측이 가진 기술로는 없는 것을 창조할 수는 없을 것이다."

정확히는 '관측'이라는 여왕의 수하 지저인의 기술이다. '관측'은 기억 속에 저장된 대상을 똑같이 구현할 수 있는 초능력을 가졌다. 하지만 기억 속에도 없는 새로운 것은 구현하지 못한다.

피에트로가 말을 이었다.

"내가 돕는다면 가능하겠지."

그 말에 서문엽은 인상을 찌푸렸다.

"그럼 진즉 그렇게 얘기해야지. 꼭 말하다가 마지막에 자기 능력을 생색내네."

"생색 안 냈다."

"네 말투는 잘난 체에 특화되어 있거든?"

"할 말이 그것뿐이라면, 이만 여왕에게 가서 그 문제를 상의해 보지."

팟!

피에트로는 사라져 버렸다.

*　　*　　*

그러고서 곧 여왕의 연락을 받았다.

—잘 계셨나요? 배틀필드에서의 활약상은 잘 봤어요.

"애들 놀이지 뭐. 그쪽은 어때? 흔적이라도 찾았어?"

—못 찾았어요. 첫 번째 상급 사제는 흔적을 지우는 데도 능한 데다, 아예 이동 흔적이 남아 있던 공간 자체를 폐기해 버렸어요.

완전히 자취를 감췄다는 뜻이리라.

첫 번째 상급 사제, 즉 타락한 대사제는 이미 서문엽, 피에트로와 싸워서 크게 당했다. 괴물 제작의 대가였던 다섯째 상급 사제가 죽는 치명타도 입었고.

생각이 있다면 다시는 싸울 엄두를 못 낼 터. 아마 스스로 모습을 드러내는 일은 없다고 봐야 했다.

"그럼 이제 어딘가에 처박혀서 문을 열 궁리만 하고 있다는 뜻인데, 더 고약하게 됐군."

—그래도 다섯째를 비롯해 수많은 동료를 잃었으니 큰 차질을 빚었을 거예요.

"어쨌거나 그럼 이제 녀석들을 추적할 실마리는 아무것도 없는 거야?"

—희망을 걸고 있는 단서는 아직 있어요.

여왕이 설명했다.

—버려진 세계와의 시공을 연결하려면, 결국 버려진 세계의 위치를 알아야 해요. 버려진 세계는 이미 봉인까지 걸려 있어서 탐색으로는 찾을 수 없으니까요.

"너희들의 개념을 내가 다 아는 건 아니지만, 탐색으로 못 찾으면 위치를 알 방법이 없는 거 아니냐?"

—맞아요. 하지만 만인릉 황제 시대 때 문이 한 번 열렸었죠.

"그때는……."

서문엽은 말을 하다 말고 여왕의 말뜻을 알아차렸다.

"긴 세월이 흘러서 역사를 연구하던 누군가가 버려진 세계를 찾아냈지. 그러고는 함부로 그곳으로 이어지는 시공의 터널을 열고야 말았다."

만인릉 황제가 했던 말속에 힌트가 있었다.

"역사를 연구하다가 문을 열었다고 했지."

—네, 그것과 관련된 역사는 이미 오래전에 말소됐지만, 아직 처분되지 않은 사료(史料)가 남아 있을 수도 있어요. 아마 첫 번째 상급 사제는 그것을 찾고 있지 않을까 싶어요.

"그런 사료가 남아 있기나 하겠어?"

—얼마 전에 서문엽 씨가 선물을 받았죠?

"선물이라니?"

—고대 시대의 어느 대사제님께서 남기신 유산을 받으셨다고 들었어요.

한계를 끊임없이 늘려주는 '영혼 연성'을 뜻했다.

"아하, 그렇지. 덕분에 쑥쑥 강해지고 있어."

—그분처럼 개인 공간에 유산을 비밀리에 남기신 선조님들이 여럿 계실 거예요. 그중 폐기되어야 할 역사 사료를 보존하고자 했던 선조님 또한 계실 수 있을 테고요.

그런 개인 공간은 또 어떻게 찾을 생각인지, 생각할수록 머리가 아파졌다.

"아 몰라, 그건 알아서 하고. 그보다 내가 요구한 훈련 설비는 만들 수 있겠어?"

—대사제, 아니, 피에트로 씨가 도와주시면 어떻게든 만들 수 있을 것 같아요. 아무래도 이미 있는 괴물을 개조해서 대형화하고 긴 세월 걸쳐 성장하는 과정을 가상공간에서 빠르게 시뮬레이션 돌려야 할 것 같지만요.

"뭐래는지 모르겠네. 어쨌든 되는 줄 알고 끊는다."

—잠시만요.

"응? 왜?"

—그동안 서문엽 씨도 따로 준비를 하시는 게 어떨까요?

"무슨 준비? 내 수련 말고도 더 할 수 있는 게 있으면 하지."

—피에트로 씨에게 들으니 오러 컨트롤의 기초를 뗐다고 들었어요.

"아, 그렇지."

오러로 공중에 동그라미를 그릴 수 있게 되었다. 슈란의 소멸 광선을 맨손으로 막다가 뜬금없이 깨달아 버린 요령.

하지만 그 뒤로 아직 그 요령을 실전에 녹이지는 못했다.

―그럼 이제 서문엽 씨도 우리 지저인처럼 오러를 다룰 수 있다는 뜻 아닐까요?

"공간 이동 같은 거?"

―호호, 그건 어려울 거예요. 공간 이동은 언어 학습 능력과 마찬가지로 지저인이 선천적으로 타고나는 능력이에요. 이론으로 풀어내면 고난이도의 기술이 되겠죠. 서문엽 씨도 자신의 초능력을 이론으로 설명하라면 쉽지 않잖아요?

"못하지."

―공간 이동은 아직 아니어도 지저인이 흔히 쓰는 유용한 오러 응용법을 습득하시면 도움이 될 거예요. 저희가 그것을 가르쳐 드릴 선생을 파견해 드릴게요.

"음, 뭐 좋아."

서문엽은 여왕의 제안을 흔쾌히 받아들였다. 익힐 수 있는 능력은 최대한 습득해 놓을 필요가 있다고 판단했다.

―서문엽 씨가 수련용으로 쓰시는 공간을 약속 장소로 삼으면 되겠군요. 거기로 아랫사람을 보내도록 할게요.

"알았어."

* * *

블랙홀처럼 생긴 결계로 둘러싸인 몇 평 남짓한 작은 공간.

이 작은 던전은 수련을 위하여 엄청난 중력장이 몸을 짓누르고 있었다.

서문엽은 줄곧 이곳에서 수련해 온 탓에 새삼 중력의 압력에 부담을 느끼지 않았지만, 새로운 손님은 달랐다.

팟!

철푸덕!

깡마른 체격의 남성 지저인이 공간 이동으로 나타나자마자 중력에 짓눌려 땅에 납작 엎드린 채 일어나지 못했다.

뒤집힌 바퀴벌레처럼 버둥거리지만 좀처럼 일어나지 못하는 지저인.

"너 뭐 하냐?"

서문엽이 한심하다는 듯이 묻자, 깡마른 지저인은 뭐라고 알 수 없는 언어로 말했다.

"한국말로 해, 자식아. 그리고 중력은 오러로 저항해서 떨쳐내면 될 걸 뭐 하고 있는 거야?"

서문엽은 계속 말을 건네면서 지저인이 한국어를 익히는 것을 도왔다.

지저인은 금방 더듬거리는 한국어로 답했다.

—저 1등급…….

그제야 서문엽은 분석안으로 지저인을 살폈다.

—대상: 하인(지저인)
—근력 60/60
—민첩성 82/82
—속도 80/80
—지구력 71/71
—정신력 30/34
—기술 55/55
—오러 63/63
—초능력: 위기 감지, 강자 감지

—위기 감지: 목숨의 위협을 받을 수 있는 상황을 감지한다.
—강자 감지: 자신보다 강한 존재를 알아볼 수 있다.

영락없는 1등급 최하 계급의 지저인이었다.

육체노동에 익숙한 탓에 오러 수치보다 육체 능력이 더 높으며, 초능력도 위기가 찾아오면 숨고 자신보다 강자를 알아보면 냉큼 복종할 수 있도록 특화되어 있었다.

심지어는 이름도 '하인' 아닌가.

'1등급 하인이면 중력에 저항할 오러도 못 내겠지.'

서문엽은 자신의 오러를 '하인'에게 나눠주었다.

그러자 일시적으로 중력에 저항할 오러를 얻은 '하인'은 냉큼 일어났다.

—자, 잠시 다녀오겠습니다!

팟!

그렇게 떠나 버린 하인은 이윽고 이 수련장을 개조해 준 책임자를 데려왔다.

—귀찮게 하는군.

피에트로였다.

피에트로는 이 공간을 유지시켜 주는 던전 코어를 개조해서 과도한 중력을 해제시켜 주었다.

피에트로는 바쁜지 그 일만 처리하고는 휙 사라져 버렸다.

작은 공간에 '하인'과 서문엽만 남았다.

서문엽이 꼬나보자 움찔한 '하인'은 냉큼 조아렸다.

—아이고, 인간 서문엽 님! 악명은 많이 들었습니다! 우리 동족을 잔학하게 학살하셨다죠?

"그래서 불만이냐?"

—서, 설마요.

'하인'은 이름다운 비굴함으로 동족 문명을 끝장낸 악당에게 굴복했다. 서문엽 앞에 있어서 '강자 감지'를 계속 느끼고 있으니 더욱 비굴할 수밖에 없었다.

"오러 응용법을 가르칠 선생을 보내준다더니, 웬 1등급짜리 하인을 보내? 야, 너희 여왕 나한테 불만 있대?"

—그, 그럴 리가요. 여왕께서는 저로도 충분하실 거라면서 절 보내셨습니다.

“그래서, 뭘 가르칠 건데?”

—일단 오러로 대화하는 법부터 시작할까요? 아까부터 공기와 성대로 발성을 하시는 게 저희들 지저인의 관점에서는 되게 안쓰러워 보여서…….

그렇게 서문엽은 본격적으로 지저인의 오러 응용 세계에 입문했다.

* * *

지저인은 빛이 내리는 지상에서는 오러가 억제되기 때문에, ‘하인’처럼 등급이 낮은 지저인은 1초도 못 견디고 무력해진다. 때문에 이곳을 만남의 장소로 삼은 것이다.

“근데 넌 언제까지 그런 자세를 취하고 있을 거야?”

‘하인’은 무릎을 꿇고 양손을 땅에 짚은, 절하기 직전의 자세를 취하고 있었다. 아까부터 계속 이 자세였다.

—헤헤, 제가 강한 분일수록 고개가 절로 숙여지는데, 서문엽 님 앞에서는 무릎도 잘 안 펴집니다. 여왕님 앞에서도 허리만 90도였는데, 이런 경우는 처음입니다.

본분부터가 ‘하인’인 이 밑바닥 지저인을 보니 서문엽은 절로 가여움을 느꼈다.

"됐고, 편히 앉아."

—헤헤헤, 저도 그러고는 싶은데. 이게 본능이라…….

'강자 감지'라는 '하인'의 초능력이 이상하게 작용하고 있었다.

"너희들 중에 너보다 약한 지저인도 드물 텐데 그래서 평소에 생활은 가능하냐?"

—평소에는 고개만 숙이고 사는데, 서문엽 님은 너무 무서워서 무릎도 잘 안 펴집니다요.

"참 딱한 본능이다. 자, 그래서 나한테 오러로 대화하는 법을 가르쳐 주겠다고?"

—예예. 솔직히 이렇게 강한 느낌이 풀풀 드시는 분이 저희가 만들고 키운 괴물들처럼 육성으로 소리 내는 걸 보면 참…….

"……."

지저인이 인간을 하등하게 본 이유 중 하나가 말을 하는 방식의 차이였다. 소리와 몸짓만으로 의사 표현하는 원시인을 미개하게 보는 것과 같은 이치였다.

—아시다시피 저희는 오러로 대화를 주고받는데, 이게 숙달되시면 육성으로 소리 내시는 것보다 훨씬 빠르게 의사 전달을 할 수 있습니다.

"그건 확실히 실전에서 도움이 되겠군."

—아무래도 그렇겠죠? 저야 싸움과는 거리가 멀지만요, 헤헤.

단지 의사소통의 편리성만 생각해서 배우려는 것은 아니다.

지저인의 오러 응용법.

인간은 초능력 사용이나 육체, 무기를 일시적으로 강화하는 것 외에는 오러를 활용할 용도가 없었다.

그에 비해 오러를 활용하여 수없이 많은 일을 할 수 있는 지저인의 오러 응용법은 꼭 배울 필요가 있었다. 그래야만 서문엽이 한계를 깨고 더 강해질 수 있을 테니까 말이다.

'전에도 오러 컨트롤을 터득하고 나서 오러가 105로 상승했지. 지저인처럼 오러를 사용하는 법을 익힐수록 오러 수치가 늘어날 거다.'

오러양을 늘리는 법은 아직 인간이 발견하지 못했다. 편안한 장소에서 명상을 하는 것이 그나마 알려진 수련법일 뿐이다.

오러는 모든 것의 기본인 만큼 오르면 오를수록 전투력이 상승한다.

배움에 앞서, 서문엽은 일단 몹시 비굴한 포즈로 앉아 있는 하인의 자세를 지적했다.

"야, 꿇고 있는 무릎부터 좀 펴고 바로 앉아. 이게 죄인 대질심문도 아니고 뭐야? 난 그딴 자세로 있는 놈한테 배우고 싶지 않아."

—헤헤, 이게 제 의지대로 되는 게 아닌, 헉!

서문엽이 창을 꺼내 들고 무릎을 찔렀다.

찔리기 전에 '하인'은 벌떡 일어나 뒤로 엉덩방아를 찧었다.

"되잖아, 이 새끼야. 그대로 앉아 있어."

—네, 네. 역시 악명대로 사악하신…….

"닥쳐."

—네, 헤헤.

상대가 비굴할수록 반대급부로 서문엽의 말투는 절로 거칠어졌다.

어쨌든 하인의 수업이 시작되었다.

—언어는 세 종류가 있습니다.

"잉? 셋씩이나?"

수업은 첫마디부터 인간과 지저인의 큰 차이점을 드러냈다.

—예, 하나는 표음 언어, 둘은 표의 언어, 셋은 상형 언어입니다.

그 말에 서문엽은 비로소 납득할 수 있었다.

"아하, 문자의 분류와 똑같군."

—예, 표음 언어는 지금 우리가 대화를 나누고 있는 것처럼 오러로 소리를 내어 전달하는 겁니다. 가장 보편적인 형태의 언어지요.

"너희도 보통은 이렇게 대화하지?"

—예, 표음 언어가 가장 보편적이죠. 저처럼 최하 등급의 신분도 쉽게 구사할 수 있는 언어죠. 어쨌건 소리를 내서 상대에게 전달만 하면 되니까요.

"그럼 표의나 상형은?"

—표의 언어가 가장 어려운 언어입니다. 머릿속에 가진 뜻을 오

러에 함축시켜서 상대에게 전달하는 거니까요. 저는 안간힘을 쓰고 시도해도 단순한 뜻만 간신히 전달할 뿐이에요. 적어도 3등급 이상은 되어야 표의 언어를 자유롭게 구사할 수 있습니다.

"뜻을 오러에 함축시킨다고? 한번 해봐."

굉장히 궁금해진 서문엽이 손짓하며 채근했다.

그러나 '하인'은 고개를 저었다.

—대사제, 그러니까 피에트로 님께서 함께 지내면서 서문엽 님에게 표의 언어로 말을 건넨 적이 한 번도 없었죠?

"응. 그러고 보니 그러네."

—표의 언어는 받는 쪽도 그걸 해석할 수 있어야 합니다. 그래서 저처럼 등급 낮은 백성은 높은 분들이 쓰는 고등 언어를 알아들을 수 없죠. 고차원적인 언어일수록 뜻이 더 복잡하게 함축되어 있으니까요.

"와, 하다 하다 언어까지 신분 격차가 나버리네."

지저 문명은 정말 냉엄한 사회라는 생각이 들었다. 타고난 오러와 능력부터 언어까지 신분 격차를 절대로 극복할 수 없는 구조였으니 말이다.

아무튼 표의 언어는 들어볼 수가 없으니 흉내도 못 낼 것 같다는 생각이 들었다.

—물론 정말 최고의 등급에 계신 분들은 특별한 표의 언어를 구사하기도 합니다. 언어로서 상대의 정신을 제압하고 조종하기도 하죠. 피에트로 님도 대사제이셨던 시절에는 많은 대중을 압도하

고 따르게 만드는 언어를 펼치곤 하셨죠.

"인간으로 치면 히틀러 같은 새끼였네. 하는 꼬라지하고는."

독재자의 통치 수단으로 빠지지 않는 세뇌는 아니나 다를까, 피에트로 역시도 왕년에 자주 쓴 모양이었다. 그런 사회의 말로가 좋지 않았던 점은 인간이나 지저인이나 마찬가지였던 듯하지만.

—위대한 분들은 더욱 특별한 표의 언어를 쓰시죠. 자신의 위대한 가르침을 언어에 담아서 후대에게 전달해 주려는 목적으로요. 저희 지저 문명의 역사적 유적 중에는 이런 가르침을 담은 언어도 많습니다.

"아! 그게 바로 표의 언어구나!"

그 말에 서문엽도 무릎을 치며 동조했다.

그것이라면 서문엽도 경험이 있었다.

바로 블랙홀 같은 결계로 둘러싸인 몇 평 남짓한 이곳!

여기서 고대의 대사제가 남긴 유산을 서문엽이 습득했다.

그렇게 해서 영혼 연성이라는 엄청난 초능력을 얻었는데, 이를 얻은 방식이 바로 언어였다.

지저인이 남긴 언어라고 해서 세뇌라도 당할까 봐 얼마나 거부감을 느꼈던가.

서문엽은 '하인'에게 고대의 대사제가 남긴 유산을 습득했던 일화를 들려주었다.

'하인'은 놀라움을 표했다.

—정말 부럽습니다! 아직까지도 영령으로서 존재를 유지하실 정도로 위대한 분의 깨달음을 얻으시다니!

"그건 지저인이 아닌 나도 쉽게 습득되어지더라."

—그건 정말 최고 수준의 고등 언어입니다. 간단한 개념도 아니고 고도의 지식을 억지로 머릿속에 주입시키는 언어는 문명의 역사를 통틀어도 가능한 분이 많지 않을 거예요.

"혹시 피에트로도 그런 거 할 수 있을까?"

혹시나 할 줄 안다면 오러 컨트롤 요령을 표의 언어로써 강제로 습득되도록 할 수도 있지 않을까 하는 생각에서였다.

—그분은 워낙에 천재이시니 가능할 수 있겠네요.

"오, 그럼 그 자식이 갖고 있는 오러 응용법을 죄다 언어로 담아서 나한테 바치게 할 수도 있잖아?"

서문엽이 탐욕을 드러냈다.

—음, 아주 긴 세월이 필요하겠지만 언젠가는 완성하실 수 있겠죠.

"…아주 긴 세월?"

—간단한 일이 아니니까요. 그래서 역대 대사제들이나 왕들께서는 말년이 되면 자신의 뜻을 후세에 남기기 위하여 두문불출하고 유산을 만드는 일에 몰두하곤 하셨어요.

"쳇, 좋다 말았네."

아주 긴 세월을 기다릴 여유는 없었다.

"듣자 하니 왠지 상형 언어도 어려울 것 같은데."

—그렇습니다. 상형 언어는 머릿속에 떠올린 시각적 이미지를 오러에 담아 상대에게 보내는 방식이죠. 표의 언어보다야 훨씬 쉽지만, 역시나 소리만 내면 되는 표음 언어보다는 어렵죠. 그래도 표의 언어보다는 쉬우니 서문엽 님도 할 수 있을 거예요.

"그 가능성은 일단 표음 언어부터 좀 해보고 판단하자."

—예.

가장 먼저 서문엽은 오러로 소리를 내는 법부터 배워야 했다.

—가장 쉬운 건 성대를 빌려서 소리를 내는 겁니다. 성대에 공기 대신 오러를 넣는다고 생각하고 해보세요.

"끄응, 이거 쉽지 않은데."

서문엽은 낑낑대며 성대에 오러를 보내 소리 내는 연습을 했다.

성공할 때까지 계속 시도했으므로, '하인'으로서는 지루한 시간이 3시간가량 지속되었다.

그리고 마침내.

—끄아아!

—헉! 깜짝이야!

쩌렁쩌렁한 괴성에 꾸벅꾸벅 졸던 '하인'이 기겁하며 벌떡 일어났다.

다시 오러로 소리를 내려던 서문엽은 이윽고 혀를 차며 육성으로 말했다.

"일단 단어 한마디는 낼 수 있게 됐다."

—단어가 아니라 그냥 괴성 같은데…….

"단어 맞잖아! 끄아아! 세 글자!"

—서문엽 님이 태어나셨을 때 냈을 법한 소리로군요.

"개새끼, 지금 비꼈냐?"

—헉, 아, 아니요! 설마요! 제가 감히!

'하인'은 황급히 엎드려 고개를 조아렸다.

사나운 표정을 짓고 있던 서문엽은 이윽고 다시 연습에 돌입했다. 그러나 아무 의미 없는 괴성은 지를 수 있었지만, 좀 더 섬세한 발음이 필요한 말은 한 단어도 제대로 낼 수 없었다.

낼 수 있는 소리라고는…….

—끄아!

—으아!

—카아아!

괴성을 듣다 못한 하인이 고개를 절레절레 내저었다.

—너무 힘주어서 오러를 세게 발출하고 계십니다. 그러니까 받침 발음은 못하고 괴성만 지르시지요.

—으아아아아!

서문엽은 짜증 난다는 듯 저 쩌렁쩌렁하게 소리를 질렀다.

그런데 그러다가 문득 서문엽은 수련을 중단했다.

"가만?"

머릿속에 어떤 생각이 스쳤다.

"그러고 보니, 나 영체로 변했을 때는 오러로 소리 내서 말했었잖아?"

그랬다.

영체로 변신했을 때는 온몸이 오러로 화했기 때문에 자연스럽게 말해도 저절로 오러가 작용해서 발성을 냈다.

"오케이, 수련법을 바꾼다."

서문엽은 즉각 영체로 변신했다.

파아아앗!

—불사(증폭): 140초간 오러로 이루어진 영체가 되어 모든 공격을 무효화하고 모든 사물을 통과한다.

서문엽의 영체화 제한 시간은 기존의 120초에서 140초로 늘어난 상태였다. 오러 능력치가 100에서 105로 늘면서 오러양도 늘었기 때문이다.

—지금 내가 말하고 있는 방식이 표음 언어인 거지?

영체화한 서문엽의 물음에 '하인'은 경외를 느끼면서도 고개를 정신없이 끄덕였다.

—예! 그게 표음 언어입니다. 아, 영체라니! 정말 위대하십니다! 성격은 더없이 사악하시면서도 어찌 그런 위대한 모습으로!

—닥쳐라. 나 알고 보면 착한 사람인데 왜 자꾸 사악하대.

그렇게 대꾸하고서는 면밀하게 자신의 말이 오러로 인해 소리로 만들어지는 과정을 살폈다.

본래 걷는 행위도 이론적으로 분석하려면 몹시 복잡한 법.

말도 그러했다.

서문엽은 140초간 열심히 말하고, 말이 오러로 나오는 과정을 집중해서 살폈다.

영체화가 풀리자 서문엽은 눈을 감고 오러에 집중했다.

이윽고.

—이제 그만 돼라, 씨발!

마침내 제대로 된 말을 오러로 하는 데 성공했다. 욕설이 섞인 게 서문엽답긴 했지만, 어쨌든 인간이 최초로 지저인처럼 오러로 말한 순간이었다.

—우와, 성공하셨군요!

하인도 자기 일처럼 기뻐했다.

—그래, 성공이다. 난 역시 천재야.

—말하는 데 오러를 너무 많이 쓰시긴 하지만요. 이제 오러 소모를 최소화하며 말하는 연습을 하기로 할까요.

—오냐.

서문엽은 기쁨을 만끽하면서도 품에서 손거울을 꺼냈다. 분석안으로 스스로를 살피기 위하여 수련 시 챙기는 물건이었다.

—대상: 서문엽(인간)

—근력 94/95

—민첩성 98/99

—속도 95/96

—지구력 97/98

—정신력 110/111

—기술 105/106

—오러 106/107

—초능력: 분석안, 던지기, 불사, 증폭, 영혼 연성

오러 능력치가 1 올라 있었다.

이 수련이 도움이 되고 있다는 명백한 증거였다.

* * *

'하인'과 계속 수다를 떨었다. 서문엽은 자기가 살아온 이야기를 쉴 새 없이 지껄였다. 수련을 위해서였다.

처음에는 오러 조절이 실패해서 쓸데없이 큰 소리를 내다가 서서히 익숙해졌다.

—그래서 내가 던전에서 나왔을 때 그 새끼 멱살을 쥐고서 계속 후려치고 또 후려치고 하는데…….

—죄다 누굴 때리거나 죽인 이야기뿐이군요. 귀가 썩을 것 같습니다…….

듣고 있는 '하인'도 괴로운 눈치였다.

일화를 들으면 들을수록 공포로 몸이 움찔움찔하게 된다.

저런 인간이니 언젠간 자신도 쥐어 팰 것 같았다.

—이제 오러로 말하는 게 자연스럽다. 나 꽤 재능 있지?

—말할 줄 아는 게 재능이라고 하긴 좀 그렇지만 인간이시니 뭐…….

—그래, 인마. 이거 인간은 못하는 거야.

—좋습니다. 뛰어난 재능을 가지신 분이니 이제 다음 단계로 넘어갈까요?

—오케이.

—지금 성공하신 말하기는 사실 가장 쉬운 거였습니다. 그냥 소리만 내면 그만이니까요. 그런데 전투 중에는 온갖 소음 탓에 서문엽 님이 하시는 말이 안 들릴 수 있죠.

—그렇지.

—근데 저희들은 다른 소음 때문에 대화가 방해받는 일이 없습니다.

그 말에 서문엽은 피에트로와 같이 살면서 많이 겪어본 일이라 쉽게 이해했다.

—아 그거! 한 사람만 들리게 할 수 있잖아.

—네. 지금까지 서문엽 님이 말한 방식은 소리를 만들어서 주위에 퍼뜨린 거죠. 그런데 보편적으로는 소리를 만들고 상대에게 전달해 주는 방식으로 대화를 나눕니다. 소리를 만들고, 직접 전달까지 해주는 거죠.

—아하, 뭔지 알겠네.

배틀필드에서 던전에 접속했을 때, 같은 팀 동료들과 멀리 떨어져 있어도 목소리가 전달되는 바로 그 방식이었다.

—쉬울 것 같은데.

서문엽은 또 설레발을 쳤다.

—쉽지 않을걸요?

—한번 해볼게.

서문엽은 심호흡을 하고서는 '하인'을 향해 소리쳤다.

—끄아아!

—헉!

'하인'은 기겁해서 귀를 틀어막았다.

서문엽은 의기양양해졌다.

—어때? 됐지?

—되긴 뭐가 됩니까!

—됐잖아, 인마. 너한테만 소리 보냈어.

—소리를 전달한 게 아니라, 화살처럼 쏴버렸잖아요! 누구 고막 터뜨릴 일 있습니까? 쏘는 게 아니라 전달이라고요!

—달라?

—완전히 다릅니다. 엄마가 물건 갖다 달랬는데 집어 던질 겁니까?

—씨발아! 엄마 없는 새끼라 그런 거 모른다, 왜!

—헉, 죄송…….

'하인'은 헛기침을 했다.

—자자, 아무튼 방금은 소리를 화살처럼 쏘아 날리신 거예요. 소리가 새지 않고 제게만 전달되도록 더욱 세게 쏘셨죠.

—그렇지.

—그 결과 제게는 음파로 공격한 거나 다름없었습니다.

—그러냐? 미안.

—괜찮습니다. 요지는 소리를 담은 오러를 제게 전달하는 겁니다.

—오러를 전달한다? 그럼 결국 소리를 담은 오러가 네게 전달될 때까지 컨트롤해야 한다는 의미네.

—네, 컨트롤 안 된다고 힘껏 던지면 아까와 같은 상황이 되는 거고요.

정말로 난이도가 확 올라갔다.

몸 밖으로 배출된 오러를 컨트롤하는 것은 인간에게 불가능한 일이었다.

서문엽도 얼마 전에 터득한 그 오러 컨트롤인 것이다.

지저인의 오러 컨트롤 기초를 터득하지 못했다면 불가능한 일인 것.

'이거 피에트로가 의도한 모양이군. 피에트로 이 자식, 은근히 체계적인 교육 커리큘럼을 짰잖아?'

서문엽으로서는 순서대로 딱딱 맞게 오러 컨트롤 교육을 받고 있는 셈이었다.

—피에트로 님께 들었습니다. 인간은 본래 오러를 몸 밖으로 꺼내면 조종하지 못한다죠?

'하인'은 그렇게 물으면서 오러 덩어리 하나를 만들어 허공에 띄웠다. 손 위에 둥실 뜬 오러 덩어리가 요리조리 활발하게 움직였다.

서문엽도 따라 해보았다.

팟!

오러 덩어리가 손에 만들어졌다. 좀 더 집중하니 둥실 공중에 떴다.

하지만 띄운 게 고작이었다. 움직여 보려고 조종하니, 오러 덩어리가 통제에서 벗어나 실 끊긴 연처럼 멋대로 날아다니다가 흩어져 버렸다.

―다행히 인간의 한계는 간신히 벗어나셨네요.

―아직 마음대로 조종하지는 못하겠다.

―저희야 어릴 때부터 자연스럽게 하는 일이지만, 인간은 사정이 다르겠죠. 아무튼 순서대로 차근차근 익혀보죠. 마음대로 조종할 필요는 없으니까, 단지 오러 덩어리를 제게 전달해 주세요. 한 방향으로 날아가게 하는 것은 가능하겠죠?

―해볼게.

―말씀도 편하신 대로 육성으로 하시죠. 지금은 오러 컨트롤에만 집중해야 하니까요.

"그래."

서문엽은 오러 덩어리를 만들어 '하인'에게 날려 보냈다.

쐐액!

야구공처럼 빠르게 날아간 오러 덩어리가 하인의 손 앞에 멈췄다.

―이건 아까 소리를 쏘신 것과 마찬가지입니다. 오러 덩어리로 절 공격하신 거라고요.

아주 작은 오러 덩어리라 맞더라도 별 피해는 없지만.

"끄응, 컨트롤이 어려우니까 그냥 확 날려 버리게 되네."

―확 미는 게 아니에요. 제 손 위에 살짝 올려놓는 겁니다.

"알았다."

서문엽은 계속해서 시도했다.

그렇게 몇 번이나 시도했을까?

조금씩이지만 점점 컨트롤이 나아졌다.

하인은 내심 감탄했다.

'정말 습득 속도가 빠르구나. 엄청난 집중력이야.'

110이나 되는 정신력으로 발휘하는 집중력이 서문엽의 수련 효과를 극대화하고 있었다.

사실 정신력 110은 '증폭'이라는 초능력을 각성케 할 정도로 엄청난 위력을 가진 능력치였다.

그것이 온전히 수련에 쏟고 있으니, 서문엽의 성장이 빠를 수밖에 없었다.

"으챠!"

서문엽이 기합을 내지르며 다시 오러 덩어리를 날렸다.

기합과 달리 오러 덩어리는 아주 천천히 둥실둥실 날아서

'하인'의 손 위에 도착했다.

"됐다!"

—오, 해내셨네요!

하인이 박수를 쳤다.

—그럼 이제 이 오러 덩어리에 소리를 담아서 제게 전달하기만 하면 되겠네요.

"소리까지 담아서? 끄응, 그건 훨씬 어렵겠는데."

지금도 이미 엄청난 집중력을 소모하여서 간신히 해낸 성과였다.

—기운 내십쇼. 첫날부터 진도가 팍팍 나가고 계시잖습니까.

—그건 그렇지.

이제 막 시작한 수련 첫날임에도 오러 능력치가 1 올랐다. 잘하면 이번 수련을 통해 오러 능력치를 팍팍 올릴 수 있었다.

정신력 110인 서문엽은 포기하지 않고 금방 기운을 냈다.

"좋아, 계속하자."

—예, 일단은 매개체를 통해 전달하는 훈련부터 하죠.

'하인'은 땅에 놓인 서문엽의 창을 가리켰다.

이윽고 두 사람은 창의 끝을 잡았다.

—자, 이 창을 통해 소리를 담은 오러를 제게 전달해 주시면 됩니다. 이건 허공에서 오러를 컨트롤하는 것보다 훨씬 쉽죠?

"그러네. 한번 해보자."

여왕이 이보다 더 하찮을 수가 없을 정도로 밑바닥 지저인인 '하인'을 선생으로 보내준 이유가 있었다.

하인은 남을 가르치는 데 상당한 재주가 있었다. 왜냐하면 '하인'이 주로 했던 일이 어린 지저인을 돌보는 일이었기 때문.

오러 컨트롤이 어린 지저인만도 못한 서문엽을 가르치기에 제격이었던 것.

창을 매개체로 삼으니 전달이 더 쉬웠다. 창이야 평생 사용해 온 무기였기 때문에 어렵지 않게 성공할 수 있었다.

—그럼 이제 매개체 없이 소리를 담은 오러를 제게 전달하는 겁니다.

고개를 끄덕인 서문엽은 입을 열었다.

첫 시도.

—들려?

—예, 들려요. 중간에 소리가 새는 바람에 주위 사람들도 다 들을 수 있게 됐지만요. 제게만 들리게 하시는 거예요.

—끄응, 지금도?

—예, 일단은 욕심 부리지 말고 그냥 편하신 대로 끄아아 하는 괴성으로 전달해 보세요.

—끄아아아!

—헉, 깜짝이야. 예고 좀 하고 들어오시죠! 그리고 여전히 소리가 중간에 샜습니다.

시간이 훌쩍 흘러 자정이 넘었지만, 서문엽은 성공할 때까지 포기할 생각이 전혀 없었다.

'하인'도 피곤했지만 서문엽의 강한 몰입에 압도되어서 입도 뻥긋하지 못했다.

—끄아아!

—아직입니다.

—끄아아아!!

—소리를 더 크게 내는 게 아니라 컨트롤을 더 섬세하게 하셔야죠!

—까아아아아!

—헉, 소리가 점점 이상해지네요.

—끼으으으!

—헐…….

될 듯 말 듯 안 되는 오러 컨트롤에 안간힘을 쓰느라 서문엽이 내는 소리는 그의 마음을 대변하듯 점점 괴상해져 갔다.

이윽고.

[끼오오오!]

—헉! 됐어요!

그 말에 서문엽이 번쩍 눈을 떴다.

[돼, 됐다고?]

—예, 지금도 되고 있어요! 지금 이 느낌 잊지 마시고, 계속 말해봐요.

[휴, 너무 말을 많이 했더니 이제 뭐라 더 할 말도 없고……]

—네네, 잘하고 계십니다. 계속 말씀하세요. 요령을 잊지 않으려면 계속 반복해야죠.

[아무 말이나 막 한다?]

—네네.

[이 새끼야, 20년 전에 날 안 만난 걸 운 좋게 알아라. 전쟁 시절에 나 만났으면 한 방에 저세상 갔을 텐데, 이렇게 선생과 제자로 만나게 될 줄 누가 알았겠냐?]

—자, 잘하고 계세요. 근데 절 위협하진 마시고요!

[패고 싶다, 패고 싶다, 널 패고 싶다……]

—그런 소릴 제게만 들리게 말씀하시니 더 무섭습니다!

그렇게 요령을 완전히 터득하고 난 서문엽은 그만 뻗어버렸다. 영체로 변신하는 바람에 오러도 거의 고갈 상태였고, 과도하게 집중력을 썼더니 정신은 더 피로했다.

“아… 더는 오러로 말할 기운이 없다.”

—오늘 수업은 여기까지 하죠. 수고 많으셨습니다. 정말 빨리 배우시네요.

“오냐, 너도 수고했어.”

—푹 쉬시고 다음에는 상형 언어를 익혀보도록 하죠.

“오케이, 내일 계속하자.”

—헉, 내일 바로요? 더 쉬셔야 하지 않습니까?

“뭘 쉬어. 내일 봐.”

—네.

하인은 공간 이동으로 떠났다.

서문엽도 귀환석을 써서 YSM 클럽하우스 사무실에 도착했다. 클럽하우스 내에는 예전에 선수 숙소로 쓰던 방이 많이 있었다. 지금은 선수들이 옆에 있는 고급 빌라로 다 옮겨갔으므로, 아무 방이나 사용할 수 있었다.

씻고 침대에 벌렁 누웠다.

문득 떠오르는 생각이 있었다.

바로 창을 매개체 삼아 소리를 전달했을 때였다.

창에 오러를 주입하는 거야 평생 해왔던 일이었다.

다만 그 오러에 소리를 담은 것은 매우 특별한 경험이었다.

단지 오러만 불어넣는 게 아니라, 그 오러에 더 많은 의미를 담을 수 있다는 교훈을 얻은 것이다.

'지금까지는 단지 오러를 불어넣는 것만 했지. 창에 불어넣은 오러를 컨트롤할 생각은 못 했어. 뭐, 인간의 능력으로 불가능한 일이니까 당연하지만.'

기술과 오러가 인류 최고치인 서문엽도 못했는데 그 누가 해냈겠는가?

심지어 '전사의 기억'으로 만인룡 황제의 검술을 흉내 내던 타락한 대사제도 대검에 엄청난 양의 오러를 불어넣었을 뿐, 그 이상의 무언가를 보여주지는 않았다.

'오러 컨트롤을 응용해 보면 뭔가가 나올 것도 같은데 말이야.'

구체적으로 어떻게 응용해 볼지는 생각나지 않았다.

하지만 분명히 어떤 영감이 서문엽의 뇌리를 스쳤다.

잘 연구해 보면 분명 무언가 좋은 공격 수단이 나올 것 같았다.

그렇게 해서 서문엽은 낮에는 선수로서 팀 훈련을 했고, 밤에는 전용 수련장에서 하인과 함께 수련에 매진했다.

상형 언어는 과연 표음 언어보다 훨씬 어려웠다.

"머릿속에 떠올린 그림을 어떻게 오러에 담으라는 거야?"

—끄응, 뭐라고 설명드려야 할지 모르겠군요. 싸울 때 무기에 오러를 담으시잖습니까?

"응."

—근데 얼마나 강하게 마음먹기에 따라 같은 오러양이라도 위력이 달라지지 않던가요?

"으음, 그런 것 같기도 하고. 잘 모르겠네."

—오러는 분명 마음에 따라 성질이 달라집니다. 어제 제게 오러 덩어리를 전달하는 훈련을 했을 때도 위험성은 없었잖습니까? 만약 공격하려고 마음먹었다면 같은 크기의 오러 덩어리라도 보다 파괴성을 띠었겠죠.

"마음먹기에 달린 건가? 그건 너무 애매한데."

인간으로서는 전인미답의 경지로 나아가고 있는 서문엽.

오늘도 큰 난관에 부딪쳐 머리를 싸매고 고민해야 했다.

*　　*　　*

—이제 상형 언어를 배울 차례군요.

—야, 그거 정말 애매하단 말이야. 아무리 설명을 들어도 감이 안 와.

'하인'과 서문엽은 오러로 대화를 나누고 있었다.

표음 언어를 마스터한 서문엽은 이제 하인에게만 들리도록 말하는 법에 통달했다.

처음에는 어색했지만 계속 쓰니 익숙해졌고, 오러도 107로 1 더 올랐다.

분석안에 보이는 오러 수치는 오러양과 오러 컨트롤 능력을 모두 감안한 값이었다.

서문엽은 오러양만 따지면 지저인의 3등급 지위에 해당한다.

하지만 오러 컨트롤은 아직 지저인 어린아이 수준.

언어를 배우면서 오러 컨트롤을 연마하니 오러 능력치가 쑥쑥 오를 수밖에 없었다. 오러 컨트롤 면에서 서문엽은 아직 성장 가능성이 무궁무진했다.

—으으, 이걸 어떻게 설명해야 하지? 저로서는 왜 이걸 못하지, 라는 생각밖에 안 들어요. 인간과 우리의 차이점이죠.

말은 그렇게 하지만 '하인'은 인간인 서문엽의 관점을 이해하려고 애쓰는 선생이었다.

평생 남의 눈치를 보고 살다 보니 저절로 생긴 이해력! 괜히 '하인'을 선생으로 붙여준 게 아니었다.

—머릿속에 있는 시각적 이미지를 어떻게 오러로 바꾸는 거지? 너희는 뇌도 오러로 되어 있냐?

서문엽이 투덜거렸다.

그런데 그 말에 '하인'은 눈을 크게 떴다.

—그거다!

—반말이냐?

—헉, 아뇨.

'하인'이 설명했다.

—제 생각엔 사고방식의 차이 같습니다.

—사고방식?

—네, 인간은 보통 주로 쓰는 언어가 하나뿐이라고 들었어요.

—그렇지. 여러 언어를 익힐 수야 있지만 가장 편한 언어는 원래 쓰던 모국어지.

—네, 근데 저희는 그런 개념이 없습니다. 서문엽 님을 통해 습득한 지 얼마 안 된 이 언어가 제게는 매우 편해요. 혼자 있을 때도 이 언어로 혼잣말을 할 거예요.

—너희는 언어에 구애받지 않으니까.

—그렇습니다. 거기서 인간과 우리의 차이점이 있는 것 같아요. 인간은 아마도 자기가 주로 쓰는 언어를 기반으로 사고를 하는 것 같아요. 제 생각이 틀린가요?

서문엽은 고개를 저었다.

—아니, 네 말이 맞아. 꿈을 꿔도 모국어로 꾸지.

—그 사고방식의 기반이 우리는 오러라고 보시면 됩니다. 언어는 도구일 뿐 아무래도 상관없어요. 저희는 모든 삶의 기반이 오러이기 때문에 사고방식도 오러를 통해 이루어져요.

—그래서 머릿속에 있는 시각적 이미지를 오러에 실어 전달하는 것도 너희에게는 자연스럽다 이거지?

—네, 물론 표음 언어보다 개념을 전달하기가 불편하기 때문에 상형 언어는 대화를 나누다가 시각적 이미지가 필요할 때 함께 병행하죠.

—종족 간의 차이는 알겠는데, 그래서 나더러 어쩌라고? 그럼 난 못 익히는 거잖아?

—오러로 이렇게 대화를 나누는 것 자체도 인간에게는 불가능한 일이죠. 이걸 해내셨으니 상형 언어도 하실 수 있을 거예요.

—못하면 네가 책임지냐?

—헉, 왜 또 말씀을 그렇게…….

어쨌거나 서문엽은 전혀 다른 수련에 들어갔다.

서문엽은 편히 누워서 눈을 감았다.

'하인'이 말했다.

—이제부터 말은 하지 마시고, 머릿속으로도 언어를 지우세요. 모든 생각은 시각적인 이미지로만 합니다. 어떤 물건을 떠올렸을 때, 그 물건의 이름이 서문엽 님의 언어로 떠오르겠죠? 그런 생각

을 지워야 합니다.

서문엽은 그 말에 뭔가 한마디 대꾸를 해주고 싶어서 입이 근질거렸다.

하지만 지금은 수련에 집중해야 하므로, 하인에게 대꾸해주고 싶은 '말'까지 전부 머릿속에서 지웠다.

—아무거나 하나 떠올려 보세요.

그 말에 서문엽은 백하연을 떠올렸다. 파리에서 열심히 선수 생활 하고 있을 다 큰 처녀가 아닌, 귀여운 어린 시절의 모습이었다.

백하연.

하연이.

조카.

제호 딸.

백하연을 가리키는 수많은 단어가 떠올랐다.

—그것을 뜻하는 단어들을 전부 지우셔야 합니다.

백하연을 뜻하는 단어들을 전부 떨쳐 버렸다.

머릿속은 백하연의 어린 시절만 남았다.

참 귀여웠다.

초콜릿이나 사탕 같은 달콤한 간식을 몰래 주곤 했다. 군것질을 못 하게 하는 엄한 부부가 기르는 아이라, 백하연은 서문엽이 몰래 주는 단것에 눈이 돌아갔다.

그러면서 입가에 묻은 초콜릿 자국을 지우고 안 먹은 척했지만, 손에 묻은 게 옷에도 다 묻어서 금방 들통났다. 한승희가 초콜릿 먹었냐고 추궁하면 거짓말을 못하고 술술 실토했다.

—기분 좋아 보이시군요. 누구 때리는 상상이라도 하시나요? 다 좋지만 단어를 지우세요.

'아차.'

서문엽은 급히 머릿속에서 초콜릿, 사탕, 간식, 한승희, 나눴던 대화들 등을 모두 지웠다.

갑갑했지만 그만큼 시각적 이미지가 강해졌다.

—오러를 끌어 올립니다.

시키는 대로 오러를 일으켰다.

—오러를 머리로 보내세요. 이렇게 생각하면 편하겠네요. 생각을 하는 데 필요한 뇌의 활동이 오러를 통해 이루어진다고요. 소리를 오러에 싣는 법은 아시죠? 같은 요령이라고 생각하세요. 머릿속에 있는 그 이미지를 오러에 담아보세요.

서문엽은 이윽고 반딧불처럼 작은 오러 덩어리 하나를 만들었다.

—제게 주세요.

오러 덩어리가 '하인'에게 전달됐다.

눈을 뜬 서문엽이 물었다.

—됐냐?

—으음…….

'하인'의 반응은 애매했다.

—뭔가 사람 형태가 보이긴 했어요. 크기를 보니 어린아이인가요?

—어, 일단 시각적인 뭔가가 전달되긴 한 거네?

—네, 시작이 좋네요. 하지만 머릿속에서 시각적 이미지를 좀 더 강화하실 필요가 있어요.

—알았어. 일단 첫발을 내디뎠으니까 다음은 문제없어.

방법을 알았으니 다음은 노력하기 나름이었다.

서문엽은 인내심을 갖고 계속 상형 언어를 시도했다.

역시나 강력한 집중력이 발휘되었다.

어찌나 집중했는지 하루가 꼬박 흐른 것조차 모를 지경이었다.

*　　　*　　　*

다음 날은 경기가 있었다.

피에트로는 여전히 여왕 측과 함께 훈련 시스템을 제작하느라 여념이 없어서 출전하지 않았다.

칸 아르얀은 이제 붙박이 근접 딜러로 출전했다. 팀원들 무기에 독을 깃들게 해주니 전술적으로 꼭 필요한 멤버였다.

다만 이번에는 서포터인 조승호를 제외하고 근접 딜러를 추가했다. 전투 능력이 없는 조승호를 제외하고 근접 딜러를 추가해 실질적인 전투력을 높여보려는 실험적인 시도였다.

그러자 확실히 사냥 속도나 한 타 싸움 시의 전투력에서 효과가 있었다.

다만 경기가 초반에 결판나지 않고 중반 이후로 길어질수록 조승호가 있을 때가 더 전력에 도움이 된다는 것이 밝혀졌다.

"이나연과 개리 윌리엄스에게 화살을 전달해 주거나, 오러 전달로 소모된 오러도 보충해 줄 수도 있는 조승호의 존재는 역시 강팀을 상대로 필요합니다."

가브리엘 감독의 말에 서문엽도 동의했다.

"지금처럼 약팀을 상대할 때는 없는 편이 더 빨리 끝낼 수 있어서 좋긴 한데, 강팀을 상대로는 얘기가 다르지. 초반에 기습적으로 단기 결전을 치른다면 모를까. 근데 조승호를 빼면 초반 기습 작전인 게 뻔히 드러나잖아?"

"예, 결국 조승호는 웬만하면 포함되어야 하는 걸로 결론이 나겠군요."

조승호의 존재는 참 골칫거리였다.

전투 능력이 없는 조승호는 한 타 싸움 때 한 명이 없는 거나 다름없었다. 강팀을 상대로 10 대 11로 싸우면 더 불리하다.

그런데 조승호의 다양한 초능력은 경기 운영에 많은 도움이 된다.

있어도 골치, 없어도 골치였다.

"그런데 오늘 경기를 보니 구단주님의 기량이 더 좋아진 것 같은 느낌이 듭니다."

"응? 내가?"

서문엽이 의아함을 표했다.

오늘 경기에서 서문엽은 활약을 거의 하지 않았다. 다른 선수들에게 기회를 주기 위해 서문엽은 그냥 잠자코 탱커 역할만 했을 뿐이었다.

상대 팀도 그걸 아는지 싸울 때는 알아서 서문엽을 피해 다니는 눈치였다.

"상대 팀 선수가 초능력을 발휘할 때마다 구단주님이 가장 빨리 알아차리고 반응했습니다. 자세히 분석을 해봐야 알겠지만, 제 눈에는 초능력을 발휘하기도 전에 미리 알아차린 느낌이었습니다."

"그래? 내가 그랬나?"

서문엽은 사실 오늘 경기 중에도 상형 언어를 몰래 연습 중이었다. 누군가에게 전달은 안 했지만, 시각적 이미지를 오러에 싣는 요령을 계속 연습했다.

그래서 경기 중에 자신이 뭘 했는지 별생각이 없었다. 그냥 경기 내내 머릿속은 딴생각이 가득했고, 몸만 본능적으로 움직이며 플레이했다.

"제 생각에는 상대 선수가 초능력을 쓰기 위해 오러를 움직일 때, 그 오러 반응을 미리 알아차리는 감각이 좋아지신 것 같습니다."

"요즘 오러 컨트롤을 연마하고 있긴 한데, 그 영향인가?"

"전에 슈란의 소멸 광선을 막은 그 오러 응용 말씀이시죠?

흥미롭습니다. 그 오러 컨트롤 수련법을 제게도 알려주시면 안 되겠습니까?"

"음, 아마 소용없을 거야. 뭐라고 설명해야 할지도 모르겠고, 나 말고는 아무도 안 되더라."

서문엽은 대충 둘러댔다.

하지만 내심 뿌듯했다. 가브리엘 감독의 말이 사실이라면, 매일 상형 언어를 수련한 결과물이 나온 셈이니까.

실제로 상형 언어를 수련하면서 서문엽의 오러 능력치는 108로 1 더 올랐다.

오러 능력치가 이렇게 빨리 오르는 것은 서문엽도 처음 경험해 본 일이었다.

보람을 느낀 서문엽은 더욱 집요하게 상형 언어 수련에 박차를 가했다.

그럼에도 상형 언어는 어려웠다. 시각적 이미지는 언제나 훼손된 채로 '하인'에게 전달되었다.

—오러 전달 과정에서는 문제가 없었습니다. 이건 시각적 이미지를 오러에 담는 과정에서 잘못된 것 같은데요.

—끄응, 역시 쉽지 않네.

상당히 독하게 매달렸는데도 큰 진전이 없자 서문엽도 조금은 지쳤다.

하지만 포기하지 않았다.

서문엽은 무슨 방법이 없을까 궁리하다가 좋은 생각이 났다.

"아!"

—뭔가요?

—보기나 해.

서문엽은 '불사'를 증폭시켜서 영체로 변신했다.

그랬다.

바로 영체가 된 상태에서 수련하는 것이었다.

—표음 언어 할 때도 영체 상태에서는 자연스럽게 됐었잖아.

—그랬죠. 그래서 이번에도 영체 상태로 시도해 보시겠다는 거군요? 좋은 생각입니다. 영체는 육신의 얽매임에서 완전히 벗어난 경지이기 때문에 상형 언어도 문제없을 겁니다! 아니, 그런 모습으로 상형 언어 하나 못하는 게 웃긴 거죠!

—자, 간다.

서문엽은 다시 어린 시절의 백하연을 떠올린 뒤에 오러에 담아 '하인'에게 보냈다.

—오오오!

하인은 놀라워했다.

—됐어?

—됐습니다!

—아자!

서문엽이 기쁨에 차 포효했다. 영체 상태에서 포효하는 바람에 오러의 파장이 주변을 흔들었고, 그 여파로 '하인'이 나뒹굴었다. 상당히 격한 세리머니였다.

—인간이지만 귀엽게 생긴 아이로군요. 누구인가요?

—내 조카야.

—아하, 상당히 귀여워하셨나 보네요.

—그렇지. 한때 내 삶의 낙이었어. 지금은 훌쩍 커버렸지만.

—그런데 깜짝 놀랐습니다. 서문엽 님이 보내주신 상형 언어에는 시각적 이미지뿐만이 아니라, 서문엽 님이 그 아이를 아끼는 마음도 담겨 있었어요.

—내 감정까지 전달됐다고?

의아해진 서문엽의 물음에 '하인'은 고개를 끄덕였다.

—예! 상형 언어는 말씀드렸듯이 시각적인 이미지를 전달하는 의사소통법입니다. 어디까지나 시각적 이미지뿐이지, 감정까지 전달할 수는 없죠.

—근데 방금 내 감정이 실려 있었다면서?

—예, 이유는 간단합니다.

하인이 이어 말했다.

—서문엽 님은 방금 표의 언어를 하신 거죠.

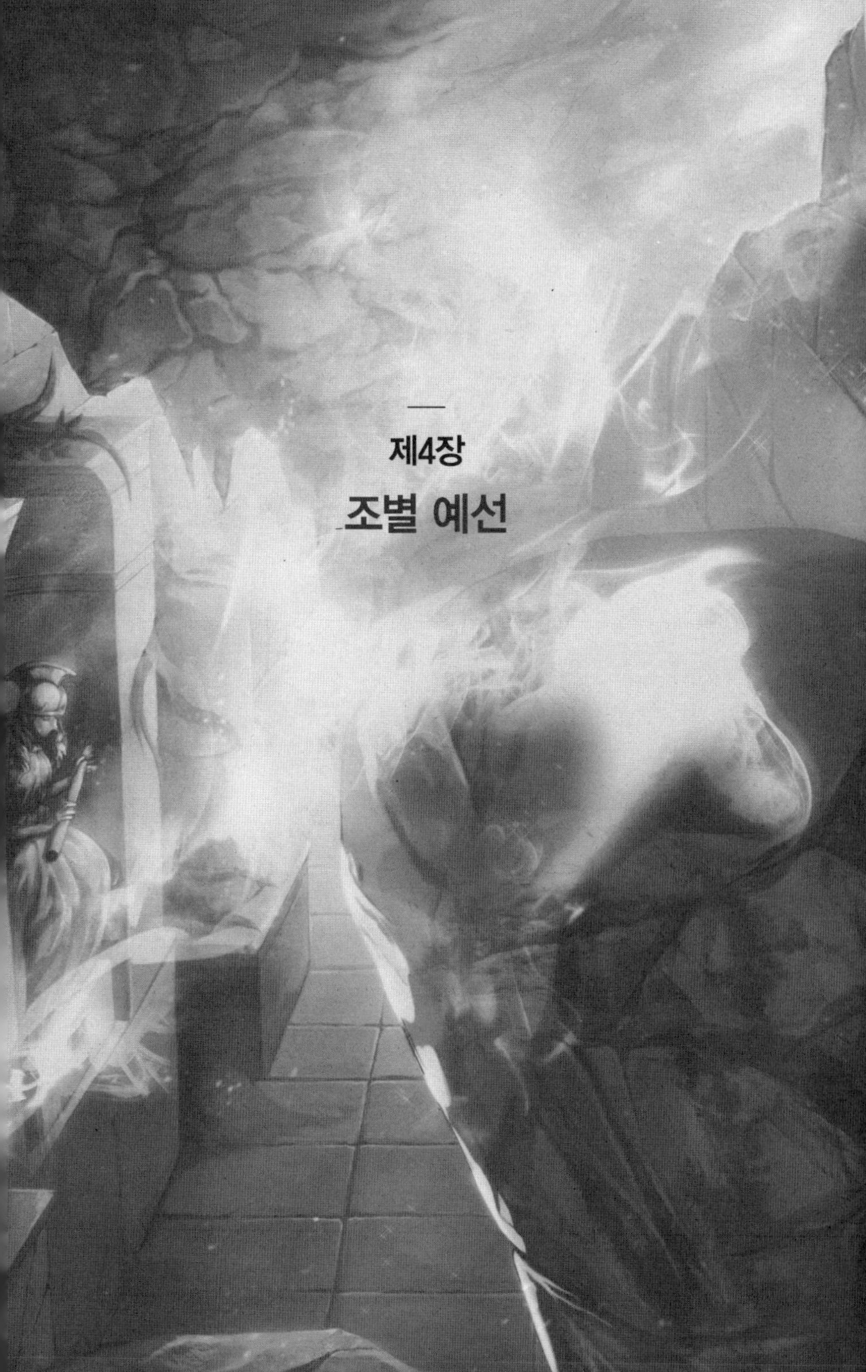
제4장
조별 예선

—내가? 방금?

—네, 감정을 전달하는 건 표의 언어뿐입니다.

—표의 언어가 그렇게 쉬운 거야?

—아뇨, 단순한 감정 전달이라 가능하셨던 거죠. 복잡한 개념을 담으려면 힘들어집니다. 받아들이는 입장에서도 해석하기 까다롭고요. 아무튼 서문엽 님이 표의 언어까지도 가능하다는 것을 알게 되었으니 큰 성과로군요.

—표의 언어라… 시각적 이미지를 오러에 담는 것도 힘든데 그런 건 또 무슨 수로 하냐. 됐다 그래.

일단은 상형 언어에 집중하기로 했다.

영체로 변신한 상태에서는 쉽사리 상형 언어를 구사할 수 있었다.

그 요령을 잘 기억했다가 영체를 해제한 뒤에 다시 시도해 보았다.

그렇게 수련을 반복하니, 상형 언어는 금방 해낼 수 있었다.

—자, 이건 어때?

서문엽이 오러에 소리와 시각적 이미지를 담아 '하인'에게 보냈다.

자신이 서문엽에게 폭행당하는 이미지를 받은 '하인'은 기겁했다.

—왜 또 폭력적인 이미지인가요?!

—그냥, 그게 재미있잖아.

—역시 악명 높은… 아무튼 이제 오러로 대화를 나누는 것은 능숙하게 하시는 것 같습니다. 표의 언어가 남았지만 그건 제가 가르쳐 드릴 수 있는 게 아니고, 굳이 필요하실 것 같지도 않습니다.

—할 수 있으면 좋지 않겠냐?

—물론 좋죠. 더 짧은 시간 내에 구체적인 개념을 상대에게 전달할 수 있으니까요.

표의 언어는 머릿속의 생각을 고스란히 전달해 주기 때문에, 뜻이 와전되는 일도 일어나지 않는다고 했다.

'하긴 굳이 필요하진 않지.'

하인에게 오러를 배운 것은 어디까지나 오러를 수련하기 위해서였다.

표음, 상형 언어를 마스터한 덕에 전투 시 대화를 주고받을 때도 좋겠지만, 표의 언어는 지저인이 아닌 서문엽이 굳이 매달려야 할 부분은 아니었다.

'그래, 오러 수련은 이제 다른 방식으로 해보자.'

표의 언어도 오러 수련 용도로 도움이 될 것 같긴 했지만, 상형 언어도 어려웠는데 표의 언어는 지나치게 힘들 것 같았다.

—그럼 전 이만 가보겠습니다. 그동안 수고 많으셨습니다.

—그래, 고생 많았다.

서문엽은 그렇게 '하인'을 떠나보냈다.

—대상: 서문엽(인간)

—근력 94/95

—민첩성 98/99

—속도 95/96

—지구력 97/98

—정신력 110/111

—기술 105/106

—오러 108/109

—초능력: 분석안, 던지기, 불사, 증폭, 영혼 연성

놀라운 성과였다. 오러가 무려 108에 이르렀다.

'오러 컨트롤이 더 능숙해졌기 때문에 오러 수치가 올라갔다. 이제 이 오러 컨트롤을 어떻게 실전에 적용시킬지 생각해 보자.'

홀로 남은 서문엽은 얼마 전부터 떠올렸던 것을 궁리해 보기로 했다.

'지저인들은 오러의 특성을 다양하게 변화시켜서 적에게 쏘아 보내는 방식을 주로 쓰지. 하지만 그런 건 내가 흉내 낼 수 있는 것도 아니고, 오러 낭비다.'

서문엽은 오러 컨트롤을 무기에 적용시키고 싶었다.

그리고 마침 좋은 아이디어를 얻은 참이었다.

'소리와 시각적 이미지를 오러에 담을 수 있다. 그 오러를 창에 싣는 것은 더 쉽지.'

아이디어는 바로 이러했다.

창을 통해 소리와 시각적 이미지를 적에게 전달해 감각을 교란시키는 것이었다.

간단하게, 창이 날아오는 방향을 다르게 알려주면 적이 순간적으로 속을 수 있는 것. 짧은 순간만 속여도 실전에서는 치명적이다.

'한번 시험해 보고 싶다.'

서문엽은 일단 클럽하우스로 돌아갔다.

늦은 저녁 무렵이라 접속 모듈이 있는 훈련실은 텅 비어 있었다.

그런데 불은 켜져 있었고, 실행되고 있는 접속 모듈이 1대 있었다.

'응? 누구지?'

던전 내부 현황을 보여주는 대형 스크린 전원을 켰다.

열심히 사냥에 열을 올리고 있는 신수경이 보였다.

서문엽은 흐뭇함을 느꼈다.

'그러고 보니 얼마 전에 쌍둥이 동생 놈이 데뷔전을 치렀다지?'

천재로 주목받은 신태경이 얼마 전에 KB—1 리그에서 데뷔했다.

신태경은 국내는 물론 해외에서도 주목을 받고 있었다. 하지만 의외로 KB—1 리그 클럽인 서울 BC와 계약을 했다. 해외 진출을 할 수도 있었는데 의외의 선택이라고 언론에서는 이상하게 여겼다.

물론 서문엽은 신태경이 현명하다고 여겼지만 말이다.

'그 녀석, 아무래도 내가 영입 안 한다고 못 박으니까 불안해서 안전한 선택을 한 모양이지.'

서문엽은 분석안으로 신태경의 능력치가 이미 거의 다 개발되어서 더 성장 가능성이 없다는 걸 알고 있었다. KB—1에서는 충분히 먹히지만 해외의 상위 리그로 가면 벤치에 앉아 있다가 임대나 다닐 터였다.

신태경은 내심 YSM을 원했는데, 안목 정확하기로 유명한 서문엽이 영입 안 한다고 못 박자 내심 스스로의 가능성에 불안함을 느꼈던 듯했다.

YSM이 아무리 작은 구단이라지만 개리 윌리엄스나 파울 콜린스 같은 선수도 영입할 정도로 자금 사정은 괜찮았는데 말이다.

아무튼 재능의 한계야 어쨌든 국내 무대에서는 충분히 활약할 수 있는 선수였다. 얼마 전에 서울 BC의 서브 탱커로 출전하여서 좋은 경기력을 보여주었다.

아마도 신수경이 그런 동생의 모습을 보고 자극을 받은 모양이었다. 줄곧 동생의 그늘에 가려졌으니 더더욱 넘어서고 싶은 마음이 있으리라.

—대상: 신수경(인간)

—근력 70/85

—민첩성 71/95

—속도 70/86

—지구력 65/70

—정신력 82/87

—기술 70/86

—오러 80/80

—리더십 25/25

—전술 40/78

—초능력: 위압

피지컬이 전체적으로 많이 올랐다.

이제 막 프로 생활을 시작했기 때문에 피지컬은 YSM의 체계적인 훈련을 통해 빨리 성장할 수 있는 시기였다.

놀라운 것은 64에서 70으로 껑충 오른 기술!

아직 입단한 지 얼마 안 됐는데도 엄청난 성장이었다. 휴식기를 반납하고 서문엽에게 코칭받은 덕이었다.

'벌써 국내 리그에서 통할 수준으로 올라왔다. 역시 재능은 거짓말을 안 하지.'

쭉쭉 기량이 올라오는 무서운 성장세에 가브리엘 감독도 매료되어서 국내 리그 경기에 내보내자고 제안했다. 하지만 서문엽은 그럴 때마다 거절했다.

'야심이 그리 큰 애가 아니라서 안 돼.'

국내 리그 경기에 내보내면 그럭저럭 잘해낼 것이다.

동생인 신태경하고도 맞붙을 수 있다. 붙어보고 나면 자신의 동생이 생각보다 별거 아니었다는 것도 깨달을 터.

그러면 신수경은 바로 만족해 버린다.

동생을 이기고 싶고, 좋은 선수로 인정받고 싶을 뿐, 최고가 되고 싶다는 야심 같은 게 없으니까.

사냥 훈련이 다 끝났는지 신수경은 접속을 끊고 나왔다.

"어? 구단주님!"

"혼자 훈련했어?"

"네. 아직 많이 부족한 것 같아서요."

바로 이거다.

늘 서문엽이나 개리, 사니야 같은 뛰어난 선수들하고만 훈련을 하니 기준이 높지 않은가.

서문엽이 원한 대로였다.

"그래, 아직 프로에 어울리는 실력이 아니지. 네 동생은 벌써 데뷔했던데?"

"네, 서브 탱커지만 주전으로 발탁됐어요. 기량이 더 늘어나면 메인 탱커가 될 것 같대요."

'응, 걔는 영원히 서브 탱커야.'

라고 말하고 싶은 걸 꾹 참았다.

"네 동생도 잘하고 있는데 너도 따라잡으려면 더 열심히 해야지?"

"네! 일부러 비교하지 않으셔도 잘 알고 있어요."

"흐흐, 알면 됐다."

"근데 구단주님은 여긴 무슨 일이세요? 요즘 집에도 잘 안 돌아가시던데."

"이 몸은 요즘 특별 훈련 중이지."

말 나온 김에 서문엽은 신수경을 실험 대상으로 삼기로 했다.

"내가 요즘 특별히 개발 중인 기술이 있거든. 너 한번 내 대련 상대나 해줄래?"

"알겠어요."

쾌히 승낙한 신수경은 서문엽과 함께 접속했다.

신수경은 풀 세트로 무장하고 있었지만, 서문엽은 간단하게 창만 한 자루 들고 온 상태였다.

하지만 그래도 털끝 하나 못 건드린다는 것을 매일 같은 대련으로 확인했기 때문에 신수경은 긴장을 늦추지 않았다.

"제가 먼저 공격할까요?"

"아니, 내가 공격할 테니까 막거나 피해봐."

"네."

서로 대치한 상태에서, 서문엽은 정신을 집중했다.

창이 머리를 향해 찌르는 시각적 이미지를 오러에 담는다.

그리고 그 오러를 창에 실었다.

"간다?"

"네!"

서문엽이 창을 찔렀다.

창에 실려 있던 시각적 이미지가 오러를 타고 발출되어서 신수경에게 전달됐다.

짧은 순간.

콱!

"악!"

상체를 뒤로 젖혔던 신수경. 그러나 오른쪽 다리를 창에 찔렸다.

"어? 어라?"

신수경은 당해놓고도 어리둥절했다.

"어때?"

"바, 방금 제 머리 쪽으로 창을 찌르지 않으셨어요?"

"아니, 처음부터 다리를 찔렀는데?"

창을 내지른 속도도 그리 빠르지 않았다. 하지만 신수경은 서문엽이 보낸 시각적 이미지를 받고서 착각을 일으킨 것이다.

"다시. 재접속해 봐."

"네."

신수경은 접속을 끊었다가 다시 들어왔다. 아바타가 새로 만들어지며 다리에 부상도 사라졌다.

서문엽은 이번에도 시각적 이미지를 창에 실었다.

창이 옆구리를 노리는 이미지를 보내면서, 실제 창은 다리를 찌른다.

푹!

"아야!"

살짝 찔렀음에도 신수경이 기겁했다. 아프기보다는 전혀 예상치 못했던 일격을 받았기 때문에 놀란 것이었다.

"방금 옆구리를 노리셨잖아요?!"

"아냐, 처음부터 다리를 찔렀어."

"창을 엄청 빨리 연속으로 찌르신 건 아니고요?"

"아닌데. 요 정도 속도로 찔렀는데."

서문엽은 가볍게 찌르기를 몇 번 보여주었다. 다리를 찔렀을 때와 똑같은 스피드로, 누구든 가볍게 피할 수 있는 수준이었다.

"어라? 어떻게 하신 거예요?"

"신기하지?"

"저도 가르쳐 주세요!"

신수경이 눈에 불을 켜고 외쳤다.

서문엽은 머리를 긁적이며 말했다.

"오러 컨트롤이 아주아주 좋아야 되는 건데, 넌 아마 못할 거야."

곧바로 시무룩해진 신수경이었다.

아무튼 실험은 대성공이었다.

'소리도 같이 넣으면 더 잘 속을 텐데. 창이 공기를 가르는 소리는 어떻게 만들 수가 없네.'

표음 언어는 기본적으로 성대에서 나는 소리를 오러에 담는 것이므로, 창 찌르는 소리를 만들어내지는 못했다. 입으로 쉭쉭거리며 흉내 내봤자 오히려 어설퍼서 상대가 알아차릴 수 있지 않은가.

'어쨌든 되게 잘 통하네.'

가볍게 찔렀는데도 홀랑 속아 넘어간 신수경을 보니, 다른 선수들이라고 해서 다를 것 같지는 않았다.

오러 컨트롤 연마를 위하여 지저인의 언어를 익혔는데, 요긴하게 써먹을 수 있는 창술 테크닉도 덤으로 생겼다.

이것은 배틀필드 경기에서도 써먹을 수 있는 테크닉이라 더욱 기대됐다.

'됐어. 이거면 월드컵이든 월드 챔스든 문제없겠다.'

시각적 이미지를 담은 이 페인트는 설령 나단 베르나흐라 해도 속아 넘어갈 터였다.

* * *

닭 잡는 데 소 잡는 칼을 쓸 수는 없는 법.

국내 리그 경기에서는 팀 전술과 팀워크에 더 집중해야 했기 때문에 서문엽이 적극적으로 킬 사냥에 나설 기회는 없었다.

하지만 새로 익힌 테크닉을 써먹을 기회는 금방 찾아왔다.

아시아 챔피언스 리그의 예선 플레이오프가 끝나고, 32강전 조별 예선이 시작된 것이다.

이전 시즌 KB-1 리그 우승을 한 YSM은 시드권을 가진 덕에 예선 플레이오프를 생략하고 바로 32강에 진출했다. 이제야 YSM이 팀 역사상 처음으로 아시아 챔스 경기를 치르게 된 것이었다.

YSM이 속한 E조는 중국 팀 하나, 일본 팀 하나, 홍콩 팀 하나가 있었다.

홍콩 팀은 최약체였고, 일본 팀 역시 서문엽이 신경 써야 할 수준은 아니었다.

중국 팀이 그런대로 주목할 만했다.

텐진 타이콴.

중국에서 우승 후보로 항상 꼽히던 강팀으로, 월드 챔스 8강까지도 간 적이 있었다.

현재 베를린 블리츠로 이적한 중국 대표 팀 주장 저우린이 본래 텐진 타이콴 소속이었다.

지금은 저우린의 부재로 부진하고 있지만, 그래도 아시아 챔스에서는 주의해야 할 팀이었다.

"텐진 타이콴의 에이스는 리양신입니다. 아시지요?"

가브리엘 감독이 텐진 타이콴에 대해 브리핑하다가 서문엽에게 물었다.

리양신.

너무 인상적인 선수라 서문엽도 금방 떠올릴 수 있었다.

"무협 드라마처럼 '경신술' 쓰던 녀석?"

"예."

중국 대표 팀에서 가장 인상적이던 선수는 슈란, 저우린, 첸진, 리양신 3인이었다.

그중 셋은 베를린 블리츠 BC에 가 있고, 리양신만 중국에 남아 있는 듯했다. 꽤 능력치가 좋은 선수였던 것으로 기억했다.

'그놈 참 잘 걸렸네.'

서문엽은 씨익 웃었다.

필살의 페인트를 써먹기에 충분한 상대였다.

* * *

"우리는 강팀이다."

텐진 타이콴의 진쉰 감독이 경기를 하루 앞두고 선수들에게 말했다.

"우리는 월드 챔스 8강에 빛나는 팀이고, 저들은 서문엽과 피에트로 아넬라를 제외하면 별 볼 일 없는 팀에 불과하다."

말은 그렇게 하지만, 진쉰 감독도 선수들도 YSM이 만만찮다는 것을 안다.

서문엽과 피에트로를 제외하면?

그 두 사람의 위력이 어느 정도인지는 전 세계가 안다.

"다행히 희소식이 있다. 중국에 입국한 YSM 선수단 중에 피에트로 아넬라가 없었다고 한다. 무언가 문제가 생겼는지 벌써 몇 경기 결장했다더군."

텐진 타이콴의 분위기는 밝았다.

피에트로의 결장은 희소식이었다.

베를린 블리츠와 평가전에서 피에트로가 보여준 무지막지한 마법진 활용은 경악스러울 정도였다.

13개의 마법진이 자유자재로 움직이며 철벽의 방어선을 구축해 버린다. 슈란처럼 그 마법진을 몇 겹씩 뚫을 수 있는 초강력 초능력이 없으면 대응이 불가능했다.

그로 인해 피에트로에게 추가적인 페널티가 더 있어야 하는 것 아니냐는 논란도 생겼지만, 세계 협회는 되도록 페널티를 주지 않는다는 방침이었다. 이미 페널티를 두 가지나 받은 피에트로에게 추가 제한을 줄 가능성은 없었다.

그런 피에트로가 없으니 텐진 타이콴도 희망이 생긴 것이다.

"숫자에 장사 없다. 저쪽은 전투 능력이 없는 서포터까지 하나 있으니 실질적으로 11 대 10. 우리는 초반부터 강공으로 다른 선수들부터 처리하고, 마지막에 서문엽을 수적 우위로 찍어 누를 것이다."

진쉰 감독은 던전 지도에 자석을 붙이며 갖가지 초반 전략을 보여주었다.

"혹은 이렇게 서문엽이 사냥 중에 동료들과 떨어져 있을 시, 전력을 집중해서 일찍 제거하는 방법도 있다. 이렇듯 서문엽은 반드시 6인 이상의 아군이 협공해서 상대한다."

설명이 이어졌다.

"이렇게 좋은 상황이 과연 나올까 싶을지도 모르지만, 반드시 나온다. 압도적인 실력에 기반한 자신감에, 홀로 싸울 때 더 사냥 속도가 빠르며, 최근 기동성까지 빨라져서 더욱 활동 반경이 높은 서문엽이다. 반드시 단독 행동을 하거나 근처에 아군이 1명밖에 없는 상황이 나올 것이다."

"옛!"

선수들이 우렁차게 대답했다.

중국 선수들은 자국의 배틀필드에 대한 자부심이 강했는데, 그중에서도 이들은 특별했다.

언제나 아시아 챔스 우승 후보였고, 월드 챔스에서도 8강까지 간 적이 있었다.

다만 올해는 잠시 흔들렸다.

중국 협회가 그동안 폐쇄적이었던 기존 기조를 깨고 세계화를 천명했다. 자국 선수들의 해외 진출과 외국인 선수의 자국 리그 활동에 대한 제재를 완화한 것이다.

그리고 그 대표적인 케이스로, 저우린을 베를린에 보내 버렸다. 중국 협회의 강력한 '권유'로 텐진 타이콴은 눈물을 머금고 그를 떠나보낼 수밖에 없었다.

그 대신 유럽 빅 리그에서 활동하던 선수들을 다수 영입했다. 저우린을 팔아서 생긴 넘치는 자금으로 용병들을 영입해 전력을 보충한 것.

언어가 잘 통하지 않고 스타일도 전혀 달라서 용병들이 잘 적응을 못 했지만, 이제는 많이 좋아졌다.

텐진 타이콴이 흔들리고 있다는 세간의 평을 깨고 다시 아시아 왕자의 저력을 보여주겠다고 기세등등했다.

조별 예선에서부터 첫 상대로 YSM을 만나기 전까지는 말이다.

'6명이 붙는다고 처치할 수 있을까?'

유독 표정이 어두운 선수가 있었다. 국가 대표 경기에서 서문엽과 싸워본 리양신이었다.

'베를린의 월드 클래스 선수들마저 혼자 여럿씩 상대하는 서문엽인데.'

서문엽이 출전하는 한국 리그 경기는 꼭 챙겨보는 리양신이었다. 지금의 서문엽은 금방이라도 분출할 것 같은 힘을 자제하고 있는 듯한 분위기였다. 그럼에도 이따금씩 눈이 휘둥그레지는 장면이 나올 정도였다.

'설마, 월드컵 지역 예선 때보다 더 강해진 건 아니겠지?'

*　　*　　*

"우우우우우!"

텐진 배틀필드 경기장.

양 팀 선수들이 경기장으로 입장했다.

대형 스크린에 서문엽의 얼굴이 비치자 텐진 타이콴의 팬들이 야유를 퍼부었다. 가장 경계해야 하는 선수였기 때문이다.

지난 월드컵 지역 예선 때도 한국에게 2연패를 당했기 때문에 서문엽에 대한 감정이 좋지 않았다.

물론 서문엽은 야유를 즐기며 도리어 손까지 흔들어주었다.

"우우우!"

"서문엽 꺼져라!"

"오늘은 네가 패배하는 날이다!"

중국어로 이루어진 각종 야유가 쏟아졌지만 눈 하나 깜짝하지 않는 서문엽이었다.

"중국 팬들이 날 참 많이 좋아한다, 그렇지?"

서문엽의 천연덕스러운 말에 안색이 안 좋은 칸 아르얀이 떨떠름하게 대꾸했다.

"그, 그러네. 나도 인도에서 이런 취급을 받고 있긴 해."

칸 아르얀은 중국 팬들의 기세에 눌려 있었다.

하도 비난을 많이 받고 살아와서 그런지 야유에 예민하게 반응했다.

그러다가 서문엽은 문득 옆에서 함께 입장하는 상대 팀의 선수를 바라보았다.

"리양신?"

호명받은 리양신은 눈을 동그랗게 떴다.

"넌 유럽 안 가냐? 유럽."

중국어는 몰라서 말은 안 통했지만, 리양신은 유럽이라는 단어에 말뜻을 대강 알아들었다.

리양신은 웃으며 고개를 저었다.

그러고는 엄지와 검지를 말아서 돈 모양을 나타냈다.

서문엽은 낄낄거렸다.

"하긴 그렇겠네. 영화도 출연하는 녀석이니까."

초능력 '경신술' 덕에 수많은 무협 드라마에서 CG 없이 명장면을 수놓은 리양신의 수입은 웬만한 유럽의 월드 클래스 선수들보다 높았다.

"아무튼 잘해보자. 너 제법이더라."

서문엽은 리양신의 어깨를 툭툭 쳤다.

양 팀 선수들은 서로 인사를 나누고, 관중들에게도 인사를 한 뒤, 던전에 접속했다.

경기가 시작되었다.

"경계에 특별히 더 신경 써."

서문엽이 모두에게 말했다.

"놈들은 우위를 만들어놓고 경기를 풀어나가고 싶을 거다. 초반부터 계속 찔러올 테니까 방심하지 마."

"넵!"

—옛!

팀원들이 대답했다.

서문엽은 텐진 타이콴이 어떤 식으로 나올지 대략 예상하고 있었다.

'조승호의 존재는 초반엔 별로지만 중반 이후로 경기가 길어질수록 빛을 발하지. 즉, 적은 중반 이후로 넘어가기 전에 게임을 끝내고 싶겠지.'

더욱이 이쪽엔 서문엽이 있었다.

정면 대결은 어림없고, 베를린 블리츠 BC가 보여주었던 대규모 습격처럼 YSM에 미리 큰 타격을 입혀놓고 싶을 터다.

그 뒤에는 혼자 전세를 역전해 보려는 서문엽을 피해 다니며 오러가 소진될 때까지 끈덕지게 기다렸다가 마무리를 가하는 시나리오.

'당연히 베를린 블리츠가 보여준 모범 답안을 답습하겠지. 그 외에 다른 방법도 안 떠오를 테고.'

아니나 다를까.

예상대로 텐진 타이쿤 측이 대규모로 접근하고 있는 것을 조승호가 확인했다.

서문엽이 적의 침입 경로를 예상해서 조승호를 배치했고, '투명화'를 한 채 그곳에 홀로 외롭게 있던 조승호는 언제까지 이러고 있어야 하나 싶을 즈음에 적을 발견했다.

—적이 옵니다. 숫자 3명.

"3명? 그것밖에 안 돼?"

서문엽의 두뇌가 팽팽 돌아갔다. 결론이 도출됐다.

"개네들 미끼다. 다른 곳에 최소 6명 이상 있을 거야."

—진짜요?

조승호가 그걸 어떻게 아냐는 듯이 물었다.

“3명은 너무 적어.”

가볍게 견제를 펼치기엔 좋은 인원이지만, 이쪽은 원거리 딜러가 3명이나 있고, 원거리 딜러나 다름없는 서문엽도 있었다. 겨우 그런 인원으로 위험한 견제를 시도할 리 없었다.

“개리, 넷티. 다른 경로로 6명 이상이 침투하고 있을 거야. 확인해. 이쪽이 눈치챘다는 사실은 들키지 말고.”

—알겠습니다.

—넵!

개리 윌리엄스가 강화된 시력으로 주위를 훑고, 이나연이 개리 윌리엄스와 소통하며 그의 시야가 안 닿는 부분을 은밀히 정찰했다.

—확인했어요.

이나연의 목소리가 들렸다.

“좋아, 그놈들 다 잡을 거야.”

서문엽이 선수들에게 일일이 지시해 6인을 다 잡을 함정을 깔기 시작했다.

“개리와 이나연은 반대편에서 오는 3인이 6인과 합류 못 하게 견제해. 조승호가 시야 전달로 적 위치를 알려줄 거니까 활로 위협하기 좋을 거다.”

—네.

—예.

"나머지는 6인을 삼면에서 포위하는 진형을 짜자. 도망칠 곳을 한 군데만 남겨놓으면 알아서 싸움을 포기하고 도망칠 거야."

—옛!

그리고…….

"도망치는 놈들은 내가 다 잡는다."

서문엽은 도망치는 6인을 혼자서 다 잡을 생각을 했다.

얼마 전에 터득한 테크닉을 써먹을 좋은 찬스였다.

*　　　*　　　*

시각적 이미지를 전달하는 테크닉에 대해 많은 실험을 했다.

피실험자였던 신수경은 시각적 이미지 자체를 인식하지는 못했다. 일종의 최면, 암시처럼 무의식중에 시각적 이미지가 전달하는 정보를 믿었을 뿐이다.

피에트로에게 전화해서 물어보니, 보통 인간은 상형 언어를 받아들이지 못한다고 했다.

—홍미롭군. 그것은 아마 네가 창을 통해 전달했기 때문일지도 모르지.

"창?"

—창에 담긴 기세가 일종의 암시를 앞당기는 촉매 역할을

하는 셈이다.

누구나 자신을 찌르려 하는 창에 정신을 집중할 수밖에 없다. 거기서 정신적인 빈틈이 생기는 것.

그러나 최면 암시가 그렇듯, 설득력이 떨어지는 정보를 주면 받아들이지 않는다는 사실을 실험 끝에 알아냈다.

신수경보다 더 실전 경험이 많고 똑똑한 선수들에게는 특히나 믿을 만한 정보를 줘야 속일 수 있는 것이다.

던전의 괴물들은 인간보다 더 속이기 쉬웠다.

그러나 괴물들은 지능은 떨어져도 감각은 더 예민하기 때문에 물리적으로 왜곡된 정보를 주면 안 속았다.

결국 순간적으로 서문엽이 설득력 있는 속임수를 만들어서 상대에게 줘야 하는, 꽤나 난이도 높은 테크닉이 된 것이다.

하지만 서문엽의 기술은 무려 105.

인간의 수준을 벗어난 그 테크닉을 어렵지 않게 펼칠 수 있었다. 오히려 어려워서 더 재미를 느끼는 서문엽이었다.

서문엽이 판 함정에 텐진 타이콴이 걸려들었다.

쉬익— 쉭—

성동격서의 임무를 띠고 침입하던 3인은 개리와 이나연이 쏘는 화살에 가로막혔다.

"적이 우리의 존재를 눈치챘다."

—적은 몇 명이지?

"개리와 이나연 둘밖에 없다."

—으음, 너무 적은데. 좀 더 이목을 끌어봐. 서문엽을 그쪽으로 끌어들여야 일이 수월해.

그랬다.

텐진 타이콴은 그 3인을 미끼로 서문엽을 끌어낼 수작이었다.

서문엽만 빠지고 나면, 나머지 YSM 선수들을 6인이 기습해서 큰 피해를 입힐 수 있다는 계산이었다. 서문엽이 최근 속도가 엄청 빨라졌기 때문에 더욱 미끼를 적극적으로 물 것이라는, 나름대로 치밀한 계산이었다.

하지만 잠시 후.

—속았다! 후퇴!

다급한 오더가 떨어졌다.

3면에서 YSM의 선수들이 나타나 위협을 가한 것이다.

텐진 타이콴 선수들은 일제히 달아나기 시작했는데, 보이지 않던 서문엽이 그제야 등장했다.

쉬이이익!!

절묘한 궤도로 나무들 사이를 피해 다니며 날아든 창.

콰직!

—서문엽, 1킬.

나무들 탓에 시야가 가려져 날아오는 창을 못 본 선수 하나가 데스당했다.

—창이 2시에서 3시 방향에서 날아왔다!

—11시 방향으로 후퇴! 지금 서문엽과 싸울 시간 없어.

그러나 서문엽은 엄청난 속도로 달렸다.

속도 95!

그들이 따돌릴 수 있는 상대가 아니었다.

탱커의 무장이 딜러보다 무겁기 때문에 달리기 좋은 복장은 아니지만, 그럼에도 무장이 가벼운 속도 90의 딜러에 맞먹는 스피드를 낼 수 있는 서문엽이었다.

이윽고 서문엽이 정면에서 나타나 가로막자, 텐진 타이콴 선수들은 기겁했다.

"너무 빨라!"

"이 정도로 빠르다고?!"

씨익 웃어준 서문엽은 그대로 달려들었다.

"차라리 잘됐어! 서문엽 혼자다!"

"죽여!"

텐진 타이콴 선수 5인이 일제히 달려들었다.

반드시 여섯 명 이상이서 협공하라는 당부가 있었지만, 그들의 머릿속에 그런 것은 떠오르지 않았다.

이윽고.

—서문엽, 2킬.

—서문엽, 3킬.

—서문엽, 4킬.

—서문엽, 5킬.

그들은 폭풍처럼 쓸려 나갔다.

*　　*　　*

다수와 싸울 땐 첫 공방이 중요하다.

포메이션이 몸에 배인 프로들은 전투 시 본능적으로 선두에 선 팀원을 중심으로 위치를 잡는다.

때문에 선두의 적을 일격에 처치하면 상대의 기세가 확 꺾여서 동요한다.

서문엽은 순간적으로 위에서 내려다본 것처럼 상황을 인식했다.

그리고 그 상황에서 가장 상대가 믿을 만한 시각적 이미지를 창에 실어 보냈다.

선두의 탱커는 그 페인트에 속았다.

서문엽이 몸통 박치기를 해올 줄 알고 대비했던 탱커는 다리를 향해 찔러오는 창을 못 피했다.

콱!

"컥!"

체중을 지탱하던 다리라 몸 전체의 균형이 흔들렸다.

그래서 딜레이 없이 바로 휘두른 방패에 머리를 맞았다.

'근력 증폭.'

뻐어어억!!

—서문엽, 2킬.

강한 근력을 가진 탱커는 투구를 쓰고 있는 적도 방패로 일격에 후려쳐 죽인다.

서문엽은 증폭으로 104까지 근력을 끌어올린 상태였다.

다시 서문엽은 텐진 타이콴 선수들 4인이 배치된 현황을 냉정하게 파악한다.

그다음에 누구를 노려야 할지 견적을 냈다.

가장 뒤쪽에 있는 근접 딜러!

'증폭, 속도.'

속도를 105로 증폭시켰다.

엄청난 스피드로 적들 사이를 가로질러, 가장 뒤편에 있어 디펜스가 소홀했던 근접 딜러에게 접근했다.

그 찰나, 서문엽은 또 시각적 이미지를 만들어 창에 실었다.

고도의 집중력으로 그 짧은 틈에 설득력 있는 속임수를 만들어낸 것이다.

창이 정면에서 찔러올 것을 예상한 근접 딜러는 공중으로 점프했다.

그리고 던진 창에 맞고 데스됐다.

—서문엽, 3킬.

이쯤에서 텐진 타이콴 선수들은 지리멸렬한다.

서문엽은 멈추지 않았다.

180도 턴.

바로 뒤에 있던 적에게 쇄도한다.

적 탱커는 방패를 앞세워 충돌할 준비를 했다.

그러나 그때, 다시 90도 턴을 한 서문엽은 오른쪽에 있던 근접 딜러에게 새 창을 뽑아 찌를 태세였다.

콰직!

—서문엽, 4킬.

죽은 것은 정면에 있던 탱커였다.

오른쪽에 있는 근접 딜러를 찌를 것처럼 하면서, 창을 뒤로 찔러서 탱커를 꿰뚫었다.

2명밖에 남지 않자 텐진 타이콴 측도 글렀다는 것을 깨달았다.

"후퇴!"

그 2명 중 하나인 리양신이 소리쳤다.

2명은 도망쳤다.

'속도 증폭.'

서문엽은 105의 속도로 엄청난 가속도를 냈다.

콰지직!

—서문엽, 5킬.

한 명이 또 데스.

경신술로 몸을 가볍게 한 리양신은 쉽게 따라잡을 수 없었다.

훌쩍훌쩍 나무 위를 뛰어넘으며 날아다니듯 하는 리양신은 확실히 빨랐다.

그런데 서문엽도 빨랐다.

철컹!

서문엽은 입고 있는 완갑과 흉갑을 풀어버렸다.

무장을 풀어 몸을 가볍게 한 뒤에 더 빨리 달렸다.

달아나는 리양신은 엄청난 스피드로 바짝 쫓아오는 서문엽에게 공포심을 느꼈다.

거리가 점점 좁혀지는 게 느껴졌다.

리양신은 뒤돌아 맞서 싸울 타이밍을 쟀다.

서문엽도 리양신이 뒤도는 순간 죽이려고 타이밍을 쟀다.

리양신이 뒤돌려는 순간이었다.

서문엽이 던진 창이 그의 어깨를 스쳤다.

'헉!'

리양신은 등골이 오싹해졌다.

하마터면 죽을 뻔했다. 반사적으로 몸을 틀어서 데스를 면했다.

하지만 피해를 안 받은 게 아니었다.

서문엽의 모든 창에 칸 아르얀이 '맹독'을 발라주었던 것.

중독되어 몸이 무거워지기 시작하는 것을 느끼며 리양신은 글렀다고 생각했다.

세 차례의 합을 교환하고서 창에 심장이 꿰뚫렸다.

—서문엽, 6킬.

서문엽은 그야말로 폭풍처럼 6인을 쓸어버렸다.

남은 적은 고작 5인.

예정된 승리를 챙길 시간이었다.

서문엽이 나직이 말했다.

"다 쓸어 담아."

남은 5킬을 마저 챙기라는 지시였다.

—옛!!

YSM의 선수들은 신속하게 움직였다.

개리 윌리엄스가 '강화된 시력'으로 적 잔당의 위치를 파악했고, 이나연도 달리기와 '점프'를 반복하는 미친 스피드로 적을 찾아다녔다.

텐진 타이콴 선수들은 격렬하게 저항했다. 1킬이라도 거둬서 11—0이라는 치욕의 퍼펙트를 내주지 않을 각오였다.

그러나 YSM은 강했다.

서문엽이 아니더라도 다들 튼튼한 조직력을 갖게 되었다.

베를린 블리츠 BC로부터 동료와 연계하는 플레이를 배운 그들은 단 1킬도 적에게 내주지 않았다.

1세트가 종료되고 접속 모듈에서 나오니, 충격으로 인해 적막에 휩싸여 있던 경기장이 이내 다시 시끌벅적해졌다.

"으아아아! 서문엽 너무 강하잖아!"

"서문엽은 반칙이다!"

"한국 팀 따위에게 진 게 아냐! 서문엽에게 진 거다!"

"너무 강해! 무지막지하다고!"

"게임이 안 되잖아!"

텐진 타이콴의 열성 팬들이 서문엽에게 원망의 말을 쏟아냈다. 그러나 그런 원망 섞인 소음들이 하나로 합쳐지니 환호성이 되었다.

개운하다는 듯이 어깨를 돌린 서문엽은 그의 놀라운 활약상에 멍해져 있는 가브리엘 감독에게 말을 건넸다.

"감독, 어때? 이 정도면 월드 챔스 우승 가능해?"

"…어쩌면요."

가브리엘 감독도 감히 꿈과 같은 월드 챔스 우승에 대한 가능성을 인정할 수밖에 없었다.

월드 챔스 8강, 텐진 타이콴.

에이스 저우린을 잃었지만, 실력 있는 유럽 용병 선수를 여럿 영입해 전력을 강화한 아시아 수위의 강팀.

그런 적을 상대로 서문엽은 순식간에 게임을 터뜨려 버렸다.

강해도 너무 강했다.

혼자서 6인을 솔로 킬 하는 속도가 질풍 같았고, 적의 의도를 파악하고 역공을 지휘한 판단 속도로 빨랐다.

조금의 실낱같은 약점도 없는 완전무결함!

'저런 선수가 있다면 가능성이 있어.'

가브리엘 감독은 옛날 배틀필드 지도자에 입문하면서 꿈꿨던 월드 챔스 우승컵을 다시 꿈꾸게 되었다.

그날 경기는 2—0으로 YSM의 승리가 되었다.

패배한 텐진 타이콴의 진쉰 감독은 인터뷰에서 아쉬움을 토로했다.

"서문엽 선수의 1세트 6킬을 보고서 제가 할 수 있는 것이 아무것도 없다는 것을 깨달았습니다. 어째서 저런 선수를 냈는지 하늘이 원망스러울 따름입니다."

1, 2세트 모두 MVP를 차지한 서문엽도 인터뷰를 했다.

"아시아를 후딱 정리하고 월드 챔피언스 리그에 갈 겁니다. 베를린 블리츠든 파리 뤼미에르든 목 씻고 기다려야 할 겁니다. 누가 세계 최고의 선수냐는 답이 뻔히 나와 있는 논쟁도 종식시키겠습니다."

*　　*　　*

—누구도 내 위에 있을 수 없습니다.

TV에 승자 인터뷰를 마무리 짓고 훌쩍 떠나는 서문엽이 보였다.

아무리 바빠도 서문엽의 경기는 꼭 챙겨 보는 모로 형제는 이번에는 고핀 감독까지 초대해서 경기를 지켜봤다.

큰 덩치답게 식성도 좋은 고핀 감독은 순식간에 끝난 경기에 너무 충격을 받아 식사를 절반도 못 끝냈다.

모로 형제도 경외를 느껴 말을 잃은 지 오래.

침묵 끝에 고핀 감독이 입을 열었다.

"저 선수, 사주시면 안 됩니까?"

농담치고는 너무 간절했다.

"살 수 있다면야 3억 유로도 쓸 용의가 있는데 말이지."

필립 모로가 투덜거렸다.

형 장 모로도 고개를 끄덕였다.

"솔직히 말하면 나단, 치치를 세트로 묶어서 서문엽과 트레이드하고 싶어. 서포터들에게 쌍욕을 먹을 테지만."

세계 최고의 근접 딜러와 세계 최고의 탱커를 같이 넘겨주고 서문엽 하나를 데려오고 싶다니.

그런데 고핀 감독은 그 말이 농담처럼 들리지 않았다.

일리가 있다는 생각마저 들었다.

'그 둘을 하나로 합쳐놓은 듯한 플레이였다.'

나단 베르나흐처럼 빠르고 강렬했다. 치치 루카스처럼 단단하며 시야가 넓었다.

텐진 타이칸은 만만한 클럽이 아니었다. 점점 성장하고 있는 아시아 배틀필드의 상징 같은 강팀이었다.

그런 팀을 상대로 최단시간에 6킬을 내는 엄청난 킬 스코어링.

거기에 재깍 상황을 판단하고 지휘하는 완벽한 전술성까지.

고핀 감독은 전율을 느꼈다.

두려움도 느꼈다.

파리 뤼미에르 BC의 감독으로서, YSM을 월드 챔스에서 만나면 어떻게 상대해야 할지 명쾌한 답이 안 나왔다.

다른 선수들이야 문제없다.

그런데 송곳처럼 돌출된 서문엽. 거기에 불가사의한 피에트로까지.

오히려 선수 11인이 고르게 평균적으로 강한 유럽의 다른 명문들보다 YSM이 더 무서웠다.

그런 고핀 감독의 기색을 눈치챈 것일까.

선수 관리 담당인 필립 모로가 입을 열었다.

"비록 서문엽을 동경하지만, 만약 붙게 된다면 파리 뤼미에르의 이름에 부끄러움이 없어야겠죠?"

"아, 예. 물론입니다."

고핀 감독이 바로 고개를 끄덕였다.

고핀 감독은 부임 후 선수단을 리빌딩하여 빅 맨 파워 게임의 시대를 종식시키고 파리 뤼미에르 BC를 세계 최고의 클럽에 올려놓은 명장이었다.

다른 팀에게 진다는 생각 따윈 있을 수 없었다.

"YSM을 상대로 승리하기 위해 영입해야 한다고 생각되는 선수가 있다면 언제든 말씀하십시오."

장 모로도 동의했다.

"이적 시장에 쓸 자금은 넘칩니다. 서문엽을 가질 수 없다면, 그를 이기기 위해 이 돈을 써야지."

최근 서문엽이 들고 다니는 새 방패에 새겨진 브랜드 로고의 홍보 효과 덕분에 사업체들이 더 잘나가고 있는 모로 형제였다.

세계 최고 명문의 명예를 지키기 위해서라면 돈을 얼마든

쓸 저력이 있었다.

* * *

LA 워리어스는 이적 시장에서 엄청난 돈을 들여 굵직한 선수들을 대거 영입했다.

“전력 강화를 위해 이적료를 쓸 의지가 없다면, 나도 더는 팀에 애정을 가질 이유가 없다.”

그런 무서운 선언을 한 로이 마이어 때문이었다.

로이 마이어와 재계약을 하지 못하면, 그가 가진 강력한 마케팅 효과, 티켓 파워, 월드 챔스 연속 진출 성적 등이 모조리 날아가 버리기 때문에 LA 워리어스의 구단주도 경각심이 들었다.

로이 마이어를 잡기 위해 구두쇠 구단주가 지갑을 열었다.

그리고 지갑을 연 김에 아주 확실하게 월드 챔스 성적을 위해 투자를 단행했다.

그 바람에 LA 워리어스는 주전 선수들이 많이 바뀌면서 혼란이 일었다. 심지어 감독까지 교체됐으니 말 다했다.

하지만 혼란은 곧 종식되었다.

팀을 강력하게 장악하고 있는 로이 마이어의 카리스마 덕분이었다.

리더십도, 전술적 지모도, 실력도 뛰어난 로이 마이어는 기존 선수와 새로 영입된 선수를 휘어잡고 새로 부임한 감독을 도와 팀 리빌딩을 도왔다.

그 덕에 LA 워리어스는 메이저 리그에서 벌써 10연승을 기록하고 있었다.

그러나 로이 마이어는 그 정도로 만족할 수 없었다.

'우승하겠다. 기필코 월드 챔스 우승을 갖고 말겠어.'

2017년에 처음이자 마지막으로 들어 올렸던 월드 챔스 우승컵.

그때 19세의 어린 나이에 폭발적인 활약으로 팀을 멱살 잡고 우승시킨 로이 마이어였다.

고난 끝에 왕좌에 오른 희열.

눈물을 흘리며 감격한 서포터들.

그 마약 같은 짜릿함을 로이 마이어는 잊을 수 없었다.

이제는 자신을 신으로 여기는 서포터들을 다시 한번 그곳에 데려가고 싶었다.

하지만 산 너머 산이었다.

파리 뤼미에르 BC는 여전히 강하고, 베를린 블리츠 BC도 중국의 특급 선수 2명을 영입해 월드 챔스 우승컵을 가질 준비를 마쳤다.

거기다가 YSM까지.

'너무하다 싶을 정도로 강하다.'

로이 마이어는 서문엽의 맹활약을 TV로 지켜보고는 한숨을 쥐었다. 일전에 붙었을 때보다 더 강해진 모습이었다.

이제는 서문엽까지 월드 챔스 우승 한 번 해보자며 나섰다. 그래 봤자 원맨팀이라고 여겼지만 이제 더는 그렇게 치부할 수 없었다.

'우리 팀에 서문엽을 마크할 수 있는 선수가 없어.'

여럿을 붙여도 오늘 경기에서 추풍낙엽이 된 텐진 타이콴의 6인과 같은 꼴이 난다.

'나밖에 없다. 내가 어떻게든 서문엽을 막아야 해.'

다시 한번 영광을 꿈꾸는 아이리시 위저드가 투지를 느꼈다.

—누가 세계 최고의 선수냐는 답이 뻔히 나와 있는 논쟁도 종식시키겠습니다.

'너무 성급하게 답안을 내지 마라, 서문.'

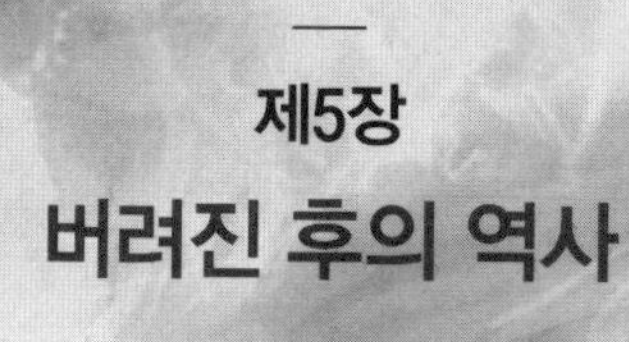

제5장
버려진 후의 역사

괴물들에 의해 지성체들의 문명이 전소(全燒)된 세계.

그곳에 태고부터 존재해 온 뱀이 있었다.

몸을 일으키면 머리가 하늘 끝에 닿을 듯한 거대한 뱀.

물론 처음부터 그렇게 강대했던 것은 아니었다.

한땐 작고 약했던 뱀은 기억할 수 없는 어떤 계기로 인해 지성을 얻었다. 그로 인해 강한 괴물을 피해야 한다는 것을 알았고, 자기보다 강한 괴물을 어떻게 함정에 빠뜨려 처치해야 하는지도 알게 되었다.

작고 어린 뱀은 강자를 피해 자기보다 약한 괴물을 잡아먹으며 성장했다.

때로는 기습을 가해 자기보다 강한 괴물을 먹이로 삼는 데 성공하기도 했다.

그렇게 먹고 성장할수록 뱀은 강해졌다.

오직 생존.

오래 살수록 자신은 결국 강해질 거라고 뱀은 생각했다.

그렇게 까마득한 세월을 보냈다.

뱀은 최상위의 포식자가 되었다.

누구보다 오래 살아남은 괴물이 되었고, 그로 인해 누구보다도 크고 강해졌다.

모든 지성체가 죽거나 도망치고 괴물들밖에 남지 않은 버려진 세계에서, 뱀은 괴물들의 왕으로 군림했다. 세계의 왕이 되어 지배를 받을 괴물과 포식의 대상이 될 괴물을 정하였다.

아주 오랫동안.

왕에게 복종할 줄 아는 괴물은 지배하에 살아남았고, 왕에게 복종할 줄 모르는 괴물은 먹이가 되었다.

그러한 통치가 까마득한 세월간 계속되자, 버려진 세계는 왕에게 복종하는 괴물들만 남게 되었다.

그것은 왕이 생각한 이상향이었다.

왕의 힘이 절정을 달하는 동안 그 이상적인 통치는 계속되었다.

왕은 자신이 이루어놓은 이 이상적인 세계가 계속 유지될 줄 알았다.

하지만…….

어느 날부터 왕은 활동이 줄었다.

언제나 자신의 힘을 과시하여 괴물들에게 공포를 주던 왕은 점점 그러한 활동을 줄여 나갔다. 아무도 없는 곳에 자신의 거처를 마련하고서 누구도 접근 못 하게 했다.

약육강식에 예민한 괴물들이었다.

왕과 같은 지성은 없었지만, 힘에 대해서는 매우 눈치가 빨랐다.

괴물들은 왕이 전보다 약해졌음을 깨달았다. 약해지고 있다는 사실을 들키지 싫어한다는 것도 말이다.

그러자 왕이 오랜 통치로 이루어놓은 세계에 변화가 일어났다.

다시금 왕에게 불복하는 괴물들이 생겨난 것이다.

왕은 충격을 받았다.

왕은 열심히 세계를 다스려 왔다.

불복하는 흉포한 괴물들을 죽였고, 복종할 줄 아는 괴물들만 살렸다. 그렇게 불순인자를 계속 솎아냈기 때문에 이제는 태어나서부터 복종을 배운 괴물들만 남았다고 생각했다.

그런데 그러한 노력들이 무색하게도 다시 통치 이전처럼 괴물들에게 반항심이 생긴 것이다.

복종심을 잃고 다시 약육강식의 본능을 되찾은 괴물들.

왕은 분노했다.

다시 몸을 일으킨 왕은 다시금 자신의 힘과 공포를 똑똑히 보여주었다.

세계에 다시 왕의 공포가 찾아왔다.

하지만 왕은 깨달았다.

세계를 이상향으로 만들고자 했던 자신의 노력이 모두 헛되었음을.

'결국 나의 힘 때문이었던가. 나의 힘이 약해지면 무너져 버릴 질서였던가.'

기실 왕은 지성을 갖게 된 어릴 적부터 노쇠(老衰)의 개념을 알고 있었다. 아무리 강한 괴물도 세월이 흐르면 늙는다는 것을 알고 있었다. 그래서 때로는 노쇠하길 기다렸다가 강대한 적수를 처치한 적도 있었다.

당연히 자신도 언젠간 그리된다는 것을 알고 있었다.

그래서 자신이 노쇠하더라도 영원히 통치가 계속될 세계를 만들고 싶었다.

그런데 그런 꿈이 완전히 물거품이 된 것이다.

아무리 복종심을 심어놓아도 괴물들의 투쟁 본능은 사라지지 않았다.

그리고 왕은 노화가 시작되고 있었다.

'이대로는 안 된다.'

왕은 자신의 노쇠함을 걱정했다.

그러나 노쇠한 뒤에도 여전히 왕으로 군림하고 싶어 했다.

그것은 당연한 명제였다.

세계의 질서를 만들고 생존할지, 먹이가 될지를 멋대로 정했던 절대 권력을 절대로 놓을 생각이 없었다.

권력을 손에서 놓는다는 개념 자체가 없었다.

왕은 자신이 세상 모든 것을 지배하는 것이 당연했고, 괴물들이 지성을 얻어 그러한 이치를 깨닫길 원했다.

왕은 궁리 끝에 한 가지 좋은 생각이 떠올랐다.

'자식이다.'

왕은 그동안 미뤄왔던 번식을 시도했다.

자신처럼 특별한 암컷이 없었기 때문에 격 떨어지는 번식을 하지 않았던 왕이었다.

하지만 이제는 생각이 변했다.

왕의 통치를 떠받들 자식들을 낳고자 했다.

노쇠에 직면한 괴물은 자신의 노후를 위하여 자식을 키운다는 발상을 떠올린 것이다. 자신의 권력을 지키기 위해 지성을 총동원한 결과였다.

물론 그것은 후사를 잇게 할 생각보다는 자기 자신의 통치를 유지할 수단에 불과했지만 말이다.

왕은 자신의 자식을 낳을 특별한 암컷 괴물을 선택했다. 그리고 긴 세월에 걸쳐 수천 마리의 자식을 낳았다.

왕은 자신과 같은 지성을 가진 자식을 원했다.

왕의 통치에 복종할 줄 아는 것.

그것이야말로 왕이 생각하는 지성이었다. 자신이 세계의 지배자라는 것을 깨달았듯, 자신의 지배에 굴복할 줄 아는 것이 지혜라 여겼다.

작고 어린 뱀이었던 왕.

한때 생존을 위한 욕구만 있었던 뱀은 지성을 얻어 '나'라는 주체를 깨달았다.

자아를 얻은 괴물은 한없이 자기중심적인 관점을 갖게 되었다.

어쩌면 그것은 왕 자신을 제외한 어떤 괴물도 자아를 갖지 못한 탓일 수도 있었다.

문명이 사라진 세계에서 자아를 가진 유일한 괴물. 어쩌면 왕이 될, 그리고 권력의 화신이 될 운명을 타고난 것인지도 몰랐다.

하지만 노쇠한 뒤에도 영원히 왕으로서 통치를 유지하려던 속셈은 실패했다.

번식하여 낳고 키운 수천 마리의 자식들은 왕이 원했던 '지성'을 갖지 못한 것이다.

―어째서냐!

왕은 분노했다.

자식들은 왕을 닮아 강했다.

그리고 교활함과 판단력을 갖췄다. 강한 아버지에게 복종할 줄 알았지만, 복종하는 척하면서 탐욕 어린 눈빛을 희번덕거렸다.

바로 자신의 어린 시절과 똑같았기 때문에 왕은 대번에 자식들의 심성을 파악했다.

자식들이 하나같이 아버지의 지위를 넘보고 있었다.

다만 자식들은 아버지처럼 지능이 좋지는 못했다. 교활한 심성은 갖췄으되, 그것을 구현하는 지능 수준은 다른 괴물과 다를 바 없었다. 속내가 빤히 들여다보이는 어린아이의 악의(惡意)와 같았다.

—어째서 왕에게 복종할 줄을 모르는 것이냐, 어리석은 놈들!

왕은 자식들을 모조리 죽였다.

지능은 닮지 못했지만, 강대한 힘과 교활함은 물려받은 자식들은 살려둘 수 없었다. 노쇠한 왕의 통치를 돕기는커녕 앞장서서 도전해 올 놈들이었다.

그리고…….

수천 마리의 자식들이 죽임당하는 것을 공포에 질린 채 바라보는 어미 괴물이 있었다.

어미 괴물은 아직 낳지 않은 하나의 알을 몸속에 품은 채로 달아났다. 그 알 하나의 존재를 왕이 모르는 것이 행운이었다.

* * *

왕은 달아난 어미 괴물을 신경 쓰지 않았다.

이 세계는 왕과 왕에게 복종하는 괴물들, 그리고 언젠간 먹이로 전락할 괴물들밖에 없었다.

이 세계 어디에도 왕의 눈을 피해 달아날 곳은 없었다.

그리고 번식으로 약해진 어미 괴물은 왕이 주는 먹이를 받지 않고는 생존할 수 없을 터였다.

쓸모없는 자식들만 낳은 어미 괴물에게 더는 볼일이 없었다.

자식을 낳는 계획은 실패.

왕은 다른 방법을 찾아 골머리를 앓았다.

그러다가 문득 과거를 생각했다.

'그 작은 생명체는 어찌 그리 강할 수 있었지?'

먼 옛날.

왕이 가장 강대했을 때.

가장 젊고 강대했던 전성기 시절, 자신을 패퇴시킨 무시무시한 지성체가 있었다.

그때는 아직 자신이 왕이라는 것을 자각하지 못했을 때였다. 그저 먹이사슬의 최상위에 만족하던, 그러나 힘만은 가장 강대했던 시절이었다.

우연히 세상 바깥의 다른 세계와 연결되는 문이 열렸다.

왕은 충격을 받았다.

자신이 알던 세계가 다가 아니었음을 처음 알게 된 것이다.

왕은 흥분했다.

다른 괴물들을 이끌고 문을 통과해 새로운 세계에 진입했다.

이 세계 외에도 또 다른 세계가 있다면, 그곳에서도 자신은 최강의 생명체라는 것을 마땅히 증명해야 했다. 적을 죽이고 더 많은 먹이를 차지해야 했다.

문을 열었던 생명체들은 비록 작았지만 오러를 갖가지 방법으로 활용하여 강한 위력을 발휘했다.

왕은 그들에게서 오러의 활용법이 무척 다양하다는 것을 깨달았다.

그리고 그 작은 생명체들이 무척 맛있고 오러가 풍부한 먹이라는 것도.

새로운 미지의 지식을 배우는 데 즐거움을 느낀 왕은 새로운 세계를 침공해 미친 듯이 누비며 작은 생명체들의 행동을 관찰하고 배웠다.

배우면 배울수록 왕은 강해져서 전성기를 이루었다.

그런데 그때, 새로운 세계에서도 먹이사슬의 꼭짓점에 서 있다고 생각되는 생명체가 등장했다.

싸울 때 자신의 신체 일부나 오러뿐만이 아니라, 딱딱하고 기다란 도구 2개를 사용하는 이상한 녀석이었다.

그러나 왕은 그 생명체와의 사투를 통해 죽음을 느껴야 했다.

왜 이렇게 강하지?

어떻게 나보다 더 강한 생명체가 또 있을 수 있단 말인가?

나는 더 이상 작고 어린 뱀이 아닌데!

그 무시무시한 생명체는 다른 동족을 이끌고 왕과 괴물들을 살육했다.

왕은 그들의 조직적이고 질서 정연한 움직임에 또 놀랐다.

저것은 보다 강한 힘으로 위협한 것이 아니었다. 새로운 먹이를 탐하여 집단행동을 하는 것도 아니었다.

욕망이 아닌 다른 것으로서 함께 행동하고 있었다.

정신없이 도망쳐서 원래 세계로 되돌아온 왕.

다행히 작은 생명체들도 여기까지 쫓아오지는 못했다.

엄청난 피해를 입었던 싸움이었지만, 그때 아주 소중한 것을 깨달았다.

그 작은 생명체들은 바로 왕에 대한 복종심으로 똘똘 뭉쳤다는 것을.

그 무시무시했던 작은 생명체가 바로 다른 동족들을 복종시켜서 질서 있게 따르도록 만든 왕이라는 것을.

자신 역시 그처럼 왕이 되어야 한다는 것을.

그때 비로소 거대한 젊은 뱀은 '왕'이 되었다. 다른 괴물들을 복종시키고 통치하는 일에 집착하게 된 것도 그때부터였다.

그 뒤로 까마득한 세월이 더 흐른 현재.

왕은 아직도 풀리지 않은 궁금증이 있었다.

'그 작은 놈들의 왕은 어찌 그렇게 강할 수 있었지?'

육체?

그의 육체는 나약하기 그지없었다.

이상한 2개의 길쭉한 도구?

그것은 나약한 육체를 대신해서 사용하는 수단에 불과했다.

오러?

확실히 그 작은 생명체들 중 가장 강력하고 다채로운 오러 활용법을 보였다.

그런데 그뿐만이 아니었다.

다른 무언가가 있었다.

왕은 오랫동안 그것이 무엇인지 골몰했다.

그리고 긴 세월이 지나서야 영혼이라는 개념을 알게 되었다.

왕은 영혼을 다룰 수 있는 온갖 방법을 연구했다. 노쇠를 멈추고 영원한 생명을 얻기 위해서였다.

아직 충분한 시간이 있었다.

왕은 긴 세월이 흘러 조금씩 노쇠해졌지만, 여전히 이 세계에 왕을 위협할 적은 없었다.

영혼을 연구한 끝에 왕은 영령계까지 이르게 되었다.

그곳에서 수많은 영령들을 보았고, 그중에는 한때 자신보다 더 강대했으리라 짐작되는 오래된 자도 있었다. 가장 깊은 곳에 어느 위대한 영령이 있다는 사실도 알 수 있었다.

왕은 낙담했다.

결국 다 노쇠하고 죽는다는 것을 깨달았기 때문이다.

하지만.

'나의 위대한 통치를 보다 오래 연장시킬 방법은 있겠지.'

영원한 게 없다는 걸 알았다고 해서 왕이 겸허해진 것은 아니었다.

'어딘가에 내가 알지 못하는 새로운 지식이 있을 거다. 그때 새로운 세계에서 많은 걸 배운 끝에 이곳에 이르렀듯이!'

목표가 달라졌을 뿐, 왕은 여전히 탐욕스러웠다.

그러는 동안 자신이 통치하는 세계 어딘가에서 자신의 대적(大敵)이 탄생했음을 알지 못한 채.

* * *

다시 긴 세월이 흘러 현재.

왕은 몹시도 예민해져 있었다.

영령계를 통해 새로운 계획을 꾸밀 때는 한창 기분이 좋았는데, 순조롭던 계획이 최근 차질을 빚고 있었다.

왕을 태초의 빛이라 여기며 신봉하는 지저인 무리를 통해 저편 세계로 통하는 문을 열려는 계획은 갈수록 어려워졌다.

저쪽 세계는 인간이라는 또 다른 지성체가 있었다.

신봉자들에게 듣기로는 지저 문명에 비하면 턱없이 못난 종족이라고 했다.

하지만 두 종족의 전쟁이 있었고, 승리한 건 인간이라고 했다.

어떻게 더 못나고 하등한 종족에게 져서 몰락한단 말인가?

편견이 없는 왕은 지저인처럼 인간을 얕보지 않았다. 인간에게 특별한 힘이 있다고 생각했다.

'지저인은 스스로에 대해 지나치게 과신하는 버릇이 있다.'

왕은 자신을 태초의 빛으로 착각하여 신봉하는 지저인을 면밀히 관찰했다.

관찰 결과, 지저인은 세상 만물 대부분이 자신들에 기인한다고 생각하는 경향이 있었다.

왕과 같은 괴물들도 지저인이 만들었으니 그리 착각할 법도 했다.

하지만 그런 오만함과 달리 왕이 본 지저인은 제대로 하는 일이 없었다.

왕을 신봉하는 지저인 무리는 문을 열려는 계획을 조금도 진전시키지 못하고 있었다.

인간의 방해를 받았다고 한다.

이름이 서문엽이라고 했던가.

이름이라는 개념도 몰랐던 왕이 '서문엽'이라는 단어를 알 정도로, 그 인간은 방해가 되고 있었다.

이미 지금까지 여러 실패를 겪은 왕은 더는 실패를 원치 않았다.

왕은 지금도 계속 노쇠해지고 있었고, 근래에 들어 자신을 위협하는 적의 존재가 감지되었다.

적은 한 번도 자기 모습이나 위치를 드러낸 적이 없었다.

하지만 버려진 세계를 지배하고 있는 왕은 어느새부턴가 위협적인 적이 이 세계에 있음을 알게 되었다.

자신을 위협할 정도로 성장할 수 있는 괴물을 미리 처치하는 작업을 꾸준히 해왔던 왕이었다. 그 같은 일을 계속해 왔기에 육감으로 새로운 적의 존재를 느낄 수 있었던 것이다.

지금까지 숨죽인 채 왕의 시선 밖에서 조심스럽게 성장해 왔을 적은 이제 본격적으로 자신의 존재감을 드러내고 있었다.

그것도 아주 조금씩.

정체를 드러내진 않되, 왕의 신경을 건드릴 정도로 말이다.

그러한 교묘한 행동이 왕을 더 긴장시키고 있었다.

'무언가 다르다.'

단순히 좋은 체질을 물려받고 잘 먹고 잘 커서 성장한 큼직한 괴물들과 본질적으로 달랐다. 그런 덩치 큰 바보들이야 왕이 늘 제거하던 잡초들일 뿐이니까.

그런데 이런 교묘한 행동이라니.

자기 존재감을 아주 조금씩 드러내며, 도발을 해오고 있다.

이것은 일반적인 괴물들의 행동이 아니었다.

욕구에 충실한 괴물의 본성에서 벗어난 절제된 위협.

그러나 더 강렬한 악의.

교활함.

적의 행동거지는 바로 왕과 비슷했다.

왕도 작고 어린 뱀이었던 시절 자신보다 더 강한 적을 그렇게 상대했었다.

왕은 이해할 수 없었다.

이 적은 대체 어디서 탄생한 것인가!

왕은 그냥 힘만 가진 지배자가 아니었다. 왕은 버려진 세계의 모든 것을 속속들이 파악하고 있었다. 이 세계에 존재하는 모든 종의 괴물이 어떻게 번식해서 탄생한 것인지 몇 대를 걸친 조상까지 다 알았다.

까마득한 세월을 살아온 왕은 세대를 걸쳐 태어나고 죽고 다시 태어나는 괴물들의 생태와 체질을 관찰하고 위협이 될 만한 종을 제거해 왔다.

개념을 모를 뿐, 그것은 유전자 개량의 일종이었다.

물론 개량은 실패했다.

아무리 약화시키려고 노력해도, 괴물들은 적절한 환경과 기회만 주어지면 폭발적으로 성장해 버렸다. 왕이 노쇠한 이후를 걱정하는 이유가 여기에 있었다.

어쨌든 그 정도로 자신이 통치하는 세상의 모든 걸 아는 왕이었다.

자신이 모르는 곳에서 탄생한 적이 있다는 것을 믿기 어려웠다.

그래서 처음에는 적의 존재 자체를 믿지 못했다.

그러나 영령계에서 만난 한 똑똑한 친구 덕에 왕은 새로운 개념들을 배웠다. 피에트로라는 이름의, 특이하게도 인간의 몸에 깃든 지저인이었다.

영혼을 붙잡아 곁에 두고 싶을 정도로 똑똑한 그 친구가 말했다.

"애당초 만들 때 지성을 가질 수 있도록 설계했을 리가 없다는 이야기다. 지성을 갖게 되면 어찌 되는지 그 위험성을 선조들이 몰랐을 리가 없다."

그럼 나는 어떻게 지성을 갖게 되었을까?

"두 가지 가설이 있다."

"첫 번째 가설은 정말 까마득히 희박한 확률로 탄생한 변종이라는 것."

아니다.

내 자식들은 하나같이 멍청했다. 교활한 성품은 닮았지만 말이다.

저 정체불명의 적도 마찬가지.

왕의 기억에 덩치가 크거나 새로운 독성을 품은 변종은 나올 수 있지만, 저런 식의 변종은 지금껏 한 번도 본 적이 없었다. 엄청난 세월을 살아온 동안 단 한 번도 말이다.

"유전이 아닌 외부의 요인에 의하여 지성이 생긴 경우."

외부의 요인?

"어떤 초자연적인 작용에 의해 지성이 인위적으로 심어졌을 수도 있지."

그래.

내가 지성을 얻은 것은 태어나서부터가 아니었다.

어떤 계기로 인해 갑자기 생겨났다.

왜냐면 지성을 얻기 전의 일이 전혀 생각나지 않았으니까.

그 사라진 기억이야말로 자연스러운 현상이 아니었다는 증거였다.

왕은 곰곰이 생각했다.

자신처럼 적도 어떤 특별한 계기로 변종이 되었을 수 있다.

유전적 변종은 확실히 아니다.

왕이 확인했다. 수천 마리나 되는 자식들을 낳고 키워보고서…….

'자식?'

왕은 비로소 자신이 염두에 두지 않았던 변수를 깨달았다.

그때 달아났던 자식들의 어미!

자기도 죽임당할까 봐 무서워서 달아난 줄 알았다.

그런데 만약 달아나야 했던 다른 이유가 있었다면?

'그건가!!'

왕은 진노했다.

적이 어디서 비롯됐는지 비로소 직감이 들었던 것이다.

* * *

서문엽을 위한 훈련용 던전을 제작하기 위해 여왕 측과 합류한 피에트로는 생각보다 오래 발이 묶였다.

던전 제작 자체는 어렵지 않았다.

지형이야 대충 기존의 아무 던전이나 본뜨면 된다.

문제는 왕을 닮은 괴물을 만드는 것.

그것은 왕을 직접 만나보았던 피에트로만이 할 수 있는 일이었다. 그런 피에트로도 왕에 대해서는 빙산의 일각만 봤기 때문에 어려움이 많았다.

다행히 피에트로는 풍부한 지식을 갖고 있었다.

고대의 선조들이 만든 괴물들에 대한 기록을 읽은 적 있었다.

그보다 더 이전인 버려진 세계 시절의 지식까지는 모르지만, 고대의 지식이 버려진 세계에서부터 이어졌을 테니 연관성이 있을 터였다.

고대의 선조들이 만든 괴물 중 가장 뱀과 유사한 종을 찾았다.

마침 여왕 측은 지저 문명의 고대 역사 유물을 찾아다니고 있었기 때문에 참고 자료가 계속 조달됐다.

'이게 가장 그럴듯하군.'

피에트로는 뱀 괴물의 자료를 찾았다.

이를테면 세르펜의 선조격인 괴물이었다.

세르펜은 개량되어서 철갑 같은 껍질과 수백 개의 독니를 가졌지만, 이 뱀은 그냥 평범하게 맹독만 갖고 있을 뿐이었다.

'그 대신 장점도 있군. 먹이를 통해 흡수하는 오러양이 더 많고, 외형적 성장에도 제한이 없다. 충분한 시간과 오러가 주어지면 거대해질 수 있는 종이야.'

어쩌면 왕이 바로 이 종일지도 모른다는 예감이 들었다.

샘플을 찾았으니 작업에 착수했다.

배틀필드 시스템을 만드는 데 중심 역할을 했던 지저인 '관측'과 함께 괴물 제작에 들어갔다.

현실에서는 샘플 유전자가 없으니 불가능했지만, 가상공간 내에서는 얼마든지 만들 수 있는 일이었다.

괴물 제작에 능통했던 피에트로가 괴물의 유전적 형질과 체질적 특성을 설계했고, '관측'은 피에트로가 설계한 대로 구현했다.

그렇게 해서 완성된 괴물.

—크아아아아아!!

거대한 뱀이 포효했다.

울음소리는 세르펜을 닮았지만, 포효 속에 해일 같은 오러의 파장이 느껴졌다.

—저, 정말 이게 '왕'입니까?

관측이 두려움에 질려 물었다.

피에트로는 고개를 저었다.

—아냐.

—휴우, 역시 이 정도까지는 아니죠?

안심한 '관측'의 기대를 피에트로는 무참히 깼다.

—겨우 이 정도가 아니야.

—설마요. 그런 괴물이 있을 수가…….

—체내에 흐르는 혈액과 오러가 강물처럼 느껴졌었다. 그때 내가 받았던 압도감은 이 정도가 아니야. 덩치도 오러도 더 키워야 해.

—아, 알겠습니다. 가상공간인데도 만들기 겁이 나지만요.

—거기서 끝이 아니지. 오러는 물론 영혼도 잘 다룬다. 영혼은 나보다 더 잘 다루는 것 같더군. 그물을 펼쳐서 나를 붙잡으려고도 했으니까. 첫 번째 녀석은 이미 영혼이 저당 잡혀 있지.

그 말에 '관측'은 기가 질렸다.

영령계의 선조를 불러오고 사령도 마음대로 다루는 피에트로였다. 그보다 더 잘 다루면 대체 어느 정도인가.

어째서 태초의 빛께서 그 괴물의 출현을 예언하셨는지 알 것 같았다.

이것은 세상을 능히 멸망시킬 괴물이었다.

죽어서도 영혼이 붙잡혀 영원히 벗어날 수 없는 그런 괴물.

그렇게 괴물 제작도 순조롭게 진행되고 있을 때였다.

여왕이 놀라운 소식을 가져왔다.

"흔적을 발견했어요."

—첫 번째의 흔적이오?

피에트로가 물었다.

여왕은 고개를 끄덕였다.

—어디요?

"아쉽게도 이동 흔적을 발견한 건 아니에요."

—그럼?

"선왕분들을 모신 왕릉(王陵) 중 하나가 붕괴됐어요."

—왕릉…….

왕릉은 기본적으로 만인릉 이후로 호화롭게 만들어지는

것을 지양했다. 하지만 그렇다고 대충 만들지도 않았다. 누군가 일부러 훼손하지 않는 한, 영원히 붕괴되지 않도록 유지 장치가 만들어졌다.

그런 왕릉이 붕괴됐다면, 누군가가 훼손했다는 뜻이었다.

물론 왕릉이 훼손된 적이 한 번도 없었던 건 아니지만 말이다.

—최근에 붕괴된 게 맞소?

"네, 20년 전에는 무사했었어요."

성역이 서문엽에 의해 붕괴된 이후, 오갈 데 없이 방황하던 여왕은 역대 왕릉을 모두 돌며 선왕들에게 죄를 빌었다.

그때가 20년 전.

요 20년 사이에 누군가가 훼손했다면 첫 번째 상급 사제일 확률이 높았다.

"왕릉 중 일부는 왕의 혈통이 흐르지 않는 이를 공격하는 함정이 있어요. 붕괴된 그 왕릉이 그러했죠."

—은밀히 다녀가려고 했는데 함정이 발동되는 바람에 흔적이 남아버렸군. 그래서 아예 통째로 붕괴시켜서 흔적을 인멸했을 거요.

"맞아요."

피에트로는 일전에 첫 번째 상급 사제 무리와 싸웠을 때를 떠올렸다.

싸우고 나서 첫 번째 상급 사제 일당이 도망쳤던 장소도 왕릉이었다. 그곳에서 서문엽이 기습적으로 다섯째 상급 사제를 처치하는 데 성공했었다.

—놈이 왕릉을 조사하고 있군.

"네, 그런 것 같아요. 아무래도 그쪽도 문을 열기 위한 단서를 찾기 위해 고대 역사를 조사하는 것 같아요. 그래서 역대 왕들께서 잠드신 곳을 뒤지는 것 같고요."

—왕릉에 놈이 원하는 단서가 있소?

"제가 아는 왕릉에는 없어요."

여왕은 왕의 혈통을 이어받은 후계자이기 때문에 대부분의 역대 왕릉 위치를 다 알고 있었다. 당연히 아는 곳은 전부 가보았다.

"아마 그런 단서가 남아 있다면 제가 모르는, 만인릉보다도 이전 시대 왕릉에나 있겠죠."

피에트로도 그 말이 옳다 여겼다.

만인릉의 참상을 겪은 이후로 왕릉은 간소해졌다.

하지만 그 이전까지만 해도 왕릉에 이것저것 보물을 잔뜩 매장했었다. 그중에 역사가 기록된 유물도 있을 터였다. 첫 번째 상급 사제가 노리는 것도 그것이고.

왕릉은 대개 한곳에 모여 있었기 때문에 공간 좌표가 다들 비슷비슷했다.

지금은 사라진 만인릉도 다른 왕릉들 인근에 함께 있었으니 말이다.

그래서 장소가 구체적으로 새겨져 있지 않은 왕릉도 찾아다닐 수 있다.

물론 비슷하다고 해서 옆 동네처럼 찾기 쉬운 것은 결코 아니었다. 어디까지나 시공을 헤매야 하는 일이기 때문에 찾아다니는 데 오랜 시간이 걸린다.

—만인릉 이전의 왕릉이라. 우리가 찾아야 할 것도 그것이로군요.

"네, 찾다보면 첫 번째 상급 사제의 흔적도 발견할 수 있겠죠. 저희가 수색해 보고 또 발견되는 게 있으면 알려 드릴게요."

제6장
시뮬레이션

"안녕하십니까, '오늘의 빅 매치'입니다!"

수염을 기른 갈색 머리의 잘생긴 중년 사내가 카메라를 보며 활기차게 인사했다.

그는 프랑스의 인기 스포츠 쇼 프로그램인 '오늘의 빅 매치'의 MC 조엘 란넨스키였다.

전쟁 때 뛰어난 활약을 한 베테랑 초인이었고, 배틀필드 초창기 3년간 선수 생활을 하며 월드 클래스의 평가를 받았다.

지금은 또 방송인으로서 잘나가니, 인생이 성공밖에 없다며 모두가 부러워했다.

조엘 란넨스키가 말했다.

"오늘은 색다르게 구시대의 유물들을 게스트로 모셨습니다. 한번 보시죠."

그렇게 소개받고 카메라에 비친 게스트는 둘.

하나는 유럽을 휘어잡은 초인 에이전트 제이크 랜드.

그리고 또 한 사람은 놀랍게도 7영웅의 에릭 튀랑이었다.

전쟁 시절에 실력과 인품으로 명성을 떨친 초인이자 지금은 배틀필드계 최고의 에이전트로 자리 잡은 제이크 랜드는 장년의 나이에도 여전히 서글서글한 미남이었다.

"제이크 랜드 씨야 TV에서 자주 보는 얼굴이니 새삼스러울 것도 없죠. 전에도 우리 쇼에 나왔고요."

"그렇다고 대접이 이러기입니까?"

제이크 랜드가 장난스럽게 투정을 부렸다. TV 앞에서 전혀 어색함이 없는 모습이었다.

하지만 순박한 인상의 흑인 사내는 달랐다.

모든 게 신기하다는 듯이 눈을 반짝반짝 빛내고 있는 모습은 시청자들에게도 낯설었다. 에릭 튀랑은 TV에 거의 출연하지 않았기 때문이다.

"에릭 튀랑 씨!"

"예? 아, 예."

딴청을 부리다가 뒤늦게 대꾸한 에릭 튀랑.

조엘은 웃었다.

"여기 집중 좀 해주세요."

"아아, 죄송합니다. TV 출연은 뉴스 말곤 처음이라서."

"그러네요. 저도 튀랑 씨를 마지막으로 본 게, 낚시하다 배가 난파됐다는 뉴스였네요."

"네, 며칠 내내 헤엄쳐서 해안가에 있던 작은 마을에서 쉬고 있었죠. 그런데 아내가 경찰에 실종 신고를 하는 바람에 전화를 빌려서 해야 했어요."

에릭 튀랑의 말에 조엘과 제이크 랜드는 낄낄 웃었다.

"그러고 보면 실종 신고된 적이 많은데요, 왜 그렇게 위험한 일을 자초하시는 건가요?"

"하하, 글쎄요……."

"이해 못 하는 건 아닙니다. 저도 전쟁 끝나고 갑자기 찾아온 평화로운 세상에 적응을 못 했었거든요. 다행히 배틀필드가 생겨서 안정적인 삶을 이어갈 수 있었죠."

역시나 초인이었던 제이크 랜드도 그 말에 동의했다.

"지금은 대부분 은퇴했지만, 전쟁을 겪었던 선수들이 정신적으로 많은 케어가 필요했죠. 정신력이 높은 편이기 때문에 보통 사람들처럼 외상 후 스트레스는 잘 안 나타나지만, 튀랑 씨처럼 스릴을 원하는 경우가 많이 생겨요."

"자, 튀랑 씨. 어떤가요? 심심하시면 차라리 배틀필드 선수가 되시죠?"

그 말에 에릭 튀랑은 웃으며 손을 내저었다.

"안 돼요. 배틀필드는 실제로 목숨이 위험하지가 않잖아요.

심지어 죽을 정도의 고통도 느끼기 전에 접속 종료되고요. 그런 것을 해도 전혀 위기감이 안 들어요."

"허어, 정말로 목숨이 걸려야 직성이 풀리시는군요."

"정말 이런 선수가 제일 골치인데."

조엘과 제이크 랜드가 혀를 차자, 에릭 튀랑이 웃으며 말을 이었다.

"저는 스릴 중독이 맞아요. 하지만 이유는 조금 달라요."

"그럼 어떤 심리입니까?"

"음, 서문욥이 제게 이렇게 말했어요. 넌 쓸모없는 머저리인데 위기가 닥치면 쓸 만해진다고요. 실제로 저를 7영웅에 뽑아서는 저를 수시로 위기 상황에 밀어 넣었죠. 전 위기 때 신체 능력이 향상되는 초능력이 있었거든요."

"그 능력을 적극적으로 활용시키려고 위기에 몰아넣었던 거군요."

"무서운 리더로군요. 전 던전에서 저를 일부러 위기에 던져놓는 리더와 절대로 일을 못 했을 거예요."

"하하, 욥은 좀 달랐어요. 꼼짝없이 죽을 상황은 피해서, 자칫 잘못하면 죽을 수 있는 정도의 상황을 만들었죠. 욥은 그런 상황을 굉장히 잘 컨트롤했어요."

에릭 튀랑이 말을 이었다.

"처음엔 이러다 죽겠다고 무서워했는데, 그런 경험이 계속되니까 제게 특별한 악운이 있다는 걸 알게 되었죠. 위기가 닥

쳤을 때 저는 특별한 행운이 생겨요. 아마도 이것도 제 초능력이라고 생각해요. 확인이 안 되는 초능력이지만요."

"예, 언제 한번 튀랑 씨의 목에 칼을 들이밀고 행운을 실험하도록 하죠. 오늘은 요 며칠 사이에 있었던 빅 매치 하이라이트를 함께 볼 시간입니다."

잡담을 한참 나눈 후에야 비로소 본론으로 들어갔다.

하루에도 전 세계에서 수많은 경기가 있는 배틀필드였지만, 그중 '오늘의 빅 매치'에서 다루는 경기는 한둘이었다.

선수들의 활약이 등장하는 하이라이트를 보여주면, 게스트로 초대된 두 사람이 코멘트를 하는 방식이었다.

제이크 랜드는 에이전트의 관점에서 설명했는데, 다행히도 에릭 튀랑도 행동거지나 성격과 달리 전문적인 의견을 보여주었다.

풍부한 실전 경험을 토대로 해당 선수의 플레이를 설명하고 칭찬하는 에릭 튀랑의 모습이 신선해 보여서 쇼 호스트인 조엘 란넨스키는 만족감을 느꼈다.

"그럼 가장 주목할 경기를 보겠습니다. 아시아 챔스 조별예선! 서문엽의 YSM과 아시아 최강 팀 텐진 타이콴의 2차전이죠."

"이제 더 이상 아시아 최강이라 말할 수 없게 되었죠."

제이크 랜드가 덧붙였다.

"예, 그렇습니다! 지난번 월드 챔스에서 8강까지 올랐던 텐진 타이콴은 지난 1차전에서 YSM에게 무참히 패배했죠. 이번에는 어떻게든 만회하고 싶었을 텐데, 역시 쉽지 않았습니다."

1세트 경기 내용이 요약되어서 주요 장면만 펼쳐졌다.

먼저 선수 입장.

"여전히 피에트로 아넬라 선수는 출전을 안 했네요. 프로리그에서도 안 보이고, 최근 실종설까지 돌 정도입니다. 그럼에도 YSM은 아시아 챔스의 강력한 우승 후보입니다."

"YSM은 참 탐나는 선수가 많으니까요. 사니야와 파울 콜린스, 무엇보다도 원거리 딜러로 포지션 전향에 성공한 개리 윌리엄스가 주목할 만하죠."

"하하, 제이크. 당신은 백하연의 에이전트를 맡으면서 서문엽과도 인연을 맺었잖습니까? YSM 선수들을 줄기차게 꼬셨을 것 같은데 성과가 어떻습니까?"

"하하, 중요한 비즈니스라 말을 아끼겠습니다. 이야기가 잘되고 있는 선수는 있습니다."

사실 제이크 랜드는 사니야와 이야기가 잘되고 있었다. 야망이 많은 사니야는 빅 클럽에 관심이 많았기 때문에 만약 YSM을 떠나게 된다면 연락하기로 했다. 물론 YSM이 월드 챔스 우승이라도 하면 얘기가 달라질 테지만 말이다.

"가장 탐난 선수는 역시 피에트로 아넬라였겠죠? 서문엽은 구단주라 불가능하니까요."

그 말에 제이크 랜드는 쓴웃음을 지으며 고개를 저었다.

"그 선수는 포기했습니다. 제가 지금껏 본 어떤 선수와도 달라요. 피에트로 선수가 지금 받는 연봉이 약 10만 유로 정도라고 들었습니다."

"와우! 주급이 아니라요?"

"예, 돈에 일절 관심이 없는 거죠. 서문엽 씨에게 약점이라도 잡힌 건가 의심했는데 그것도 아닌 것 같고, 여러모로 우리들 인간 세상에서 초탈한 수도사 같아서 포기했습니다."

"하하, 그렇군요. 자, 주목할 점이 있습니다. 오늘 서문엽의 무장이 상당히 가볍죠?"

"근접 딜러 복장이군요."

그랬다.

이번 경기에서 서문엽은 근접 딜러처럼 가벼운 무장으로 출전했다.

탱커 같은 중무장이 아니라서 몸이 훨씬 가벼워진 상태.

그만큼 방어력이 낮아지지만, 대신 이동 속도가 훨씬 빨라진다.

에릭 튀랑이 말했다.

"요즘 욥의 스피드가 말도 못 하게 빨라졌더라고요. 경기를 보고 깜짝 놀랐어요. 예전에는 순발력이나 반응 속도는 빠르지만 발 자체는 그리 빠른 편이 아니었거든요."

"근력도 올라갔죠. 여전히 예전 스타일대로 싸우지만, 몇몇 장면에서는 웬만한 클래식 탱커보다 센 힘을 보여주고 있습니다."

제이크 랜드가 거들었다.

조엘이 고개를 끄덕였다.

"그래서 요즘 화제가 되고 있죠. 이제 서문엽에게 약점이 없어졌다고요."

"약점이라……."

에릭 튀랑이 유심히 서문엽의 하이라이트 장면을 지켜보았다.

오랜만에 견제 플레이에 나선 서문엽은 혼자서 텐진 타이콴 선수 4인을 처치해 버렸다.

텐진 타이콴 선수들이 초능력을 적극적으로 쓰며 협공하는 포메이션을 구사했지만, 엄청난 스피드로 회피했다.

마치 사과를 돌려 깎듯, 시계 방향으로 돌며 4인을 차례로 처치해 버리는 무서운 속도와 창술 테크닉!

순간순간마다 절묘하게 펼친 페인팅에 텐진 타이콴 선수들은 최면에 빠진 것처럼 속절없이 걸려들었다.

제이크 랜드가 혀를 내둘렀다.

"말이 나오지 않네요. 제가 본 가장 뛰어난 역량의 플레이입니다."

"예, 첨언하자면 상대는 결코 약한 게 아니었습니다. 텐진 타이콴은 유럽의 상위권 클럽들과 견주어지는 강팀이죠."

"예, 최근 중국 배틀필드 시장이 개방되는 풍조여서 저도 노리는 선수가 꽤 많습니다."

1세트는 결국 서문엽의 4킬로 승기가 YSM에게 기울었다.

서문엽은 계속 달려서 혼자 무려 9킬을 하는 살상력을 떨쳤다.

"하하, 칸 아르얀 자식! 아무것도 안 하고 11어시스트를 챙겼네."

에릭 튀랑이 낄낄 웃었다.

추억의 7영웅 동료들 중 무려 2명이나 경기에 나오는 걸 보니 기분이 좋아진 듯했다.

"오늘 경기에서는 어시스트를 공짜로 쌓은 느낌이었지만, 칸 아르얀도 요즘 주목받는 선수죠. 동안인 얼굴처럼 신체도 아직 저렇게 젊을 줄은 아무도 예상 못 했습니다."

"평소에 몸 관리를 잘했다고는 할 수 없는 선수인데, 행운을 타고난 선수네요."

탱커 3명을 따로 두고 서문엽은 근접 딜러로 출전하는 스타일은 2세트에서도 펼쳐졌다.

딜러가 되어 기동력을 최대한 살린 서문엽은 그야말로 전천후로 날아다녔다.

멀리서 창을 던질 때는 원거리 딜러였고, 가까이서 싸울 때는 근접 딜러였다.

창 리치 이내로 적의 접근을 허용했을 때도 서문엽은 끄떡없었다. 무장은 가벼워도 여전히 왼손에 방패를 들고 있었기 때문이다.

하지만 오늘 그의 방패는 주로 후려치는 공격에 쓰였다.

기동성을 최대한 살려 치고 빠져서 아예 적의 공격을 허용하지도 않았기 때문이다.

2세트에서 기록한 서문엽의 공격 포인트는 8킬 1어시.

"두 세트에서 17킬. 이걸로 결정됐네요. 서문엽은 근접 딜러로 출전했을 때 더 무섭습니다. 다만 탱커진이 서문엽 없이도 충분히 방어력을 유지할 수 있을 때 말이죠. 파리 뤼미에르나 베를린 블리츠 같은 최강 팀을 상대로도 저럴 수 있을지는 모르겠습니다. 저 같으면 다음 이적 시장에서 어떻게든 월드 클래스의 탱커를 영입하고, 서문엽을 자유롭게 만들 겁니다."

"아하, 그 부분이 오늘 나오지 않았네요. 서문엽 선수의 원맨쇼로 경기가 끝나 버렸으니까요. 월드 챔스를 목표로 두고 있는 야심만만한 YSM인데요, 아직 서문엽을 제외한 탱커진들이 시험에 통과하지는 못했습니다."

그런데 그때였다.

유심히 서문엽을 살펴보던 에릭 뒤랑이 입을 열었다.

"전 엽의 약점을 알 것 같아요."

모두의 이목이 에릭 뒤랑에게 모였다.

"예전의 엽과 지금의 엽은 육체의 성능이 완전히 달라요. 근데 스타일은 아직 예전 그대로예요."

"기동성을 최대한 활용한 점에서는 한결 나아졌다고 보여집니다만."

제이크 랜드가 반론했다.

"그건 욥이 백제호를 어떻게 다뤘는지 못 봐서 그래요."

에릭 튀랑이 고개를 저었다.

"백제호는 칼솜씨가 별로였어요. 근데 최고의 테크닉은 스피드라고 욥이 항상 강조하며 백제호의 전투 능력을 최고로 끌어올렸죠."

설명이 이어졌다.

"오늘 욥의 경기에서 스피드는 이동 시간을 단축하는 용도로만 쓰였지, 킬을 할 때는 예전처럼 테크닉에 집중됐어요."

에릭 튀랑은 웃으며 설명을 마무리했다.

"근데 욥도 그걸 아는 것 같아요. 스피드와 강한 힘을 온전히 활용하게 되면, 지금보다 훨씬 강해질 것 같아요."

* * *

"나도 안다, 자식아."

서문엽은 TV를 보며 뚱하게 대꾸했다.

오랜만에 TV에 출연한 에릭 튀랑이 '서문엽의 약점'에 대해 설명하고 있었다.

에릭 튀랑은 저 TV 출연으로 인해 아무 생각 없이 산다는 이미지를 벗고 의외로 날카로운 식견을 지녔다는 호평을 받게 되었다.

지난번 경기에서 근접 딜러로 출전했던 것은 속도 95를 다 활용하기 위해서였다.

가브리엘 감독을 위시한 코치진이 서문엽의 플레이를 분석하고서 제안한 결과였다.

"지금까지의 플레이를 보면, 구단주님은 데스당할 때 말고는 갑옷이 제 역할을 하지 않습니다."

"그래?"

"전쟁 시대엔 공격이 갑옷에 직격당하면 중상이나 사망이었지요?"

"그렇긴 하지."

생각해 보니 정말 갑옷이 무용지물이었다.

전쟁 시절엔 갑옷을 제작하는 합금 기술이 지금처럼 발달하지 못해서 던전의 괴물이나 지저인의 공격에 버티지 못했다.

그래서 절대로 공격에 당하지 않도록 하는 서문엽의 전투 스타일이 만들어졌다.

"중무장한 클래식 탱커와 무장을 상대적으로 가볍게 하고 대신 기동성을 높인 요즘의 탱커가 있는데, 구단주님은 거기서 한 발 더 나아가 아예 갑옷이 의미 없습니다. 대부분 피하거나 방패로 막으시죠."

그래서 가브리엘 감독이 낸 제안이 바로 딜러처럼 가볍게 무장하라는 거였다.

성과도 있었다.

가벼운 무장으로 속도 95를 다 살린 서문엽은 이동 시간을 급격히 단축했다.

적의 공격 범위에서 탈출하는 데도 용이해졌다. 백제호의 예전 스타일을 다소 참고하여 치고 빠지는 스타일을 구사했다.

그런 면에서는 '기동성 활용이 한결 나아졌다'는 제이크 랜드의 의견도 옳았다.

하지만 에릭 튀랑의 의견도 아예 틀린 것은 아닌 게, 킬 순간에는 여전히 테크닉만 쓰였다.

옛날부터 기술은 최고치였던 서문엽이다.

당연히 그의 전투 기술은 적을 속이고 빈틈을 만드는 테크니컬한 스타일이다.

심지어 시각적 이미지를 창에 싣는 페인트까지 습득하는 바람에 그 방면이 극대화되었다.

'이걸로 부족해.'

배틀필드야 지금의 스타일로도 충분히 씹어 먹는다.

하지만 어디까지나 서문엽의 최종 목표는 예언의 괴물.

자신의 모든 능력을 100% 활용할 수 있도록 스타일을 개량시켜야 했다. 그래야만이 정체되어 있는 능력치도 더 향상시킬 수가 있는 것이다.

그리고 때마침 피에트로가 결과물을 가지고 돌아왔다.

파앗!

공간 이동으로 서문엽의 사무실에 나타난 피에트로는 접속 모듈도 2기 가져왔다.

"아바타의 제한이 해제된 접속 모듈 2기다."

"괴물은 완성된 거야?"

"내가 파악한 괴물 왕을 최대한 구현했다. 하지만 미리 경고해 두자면, 실제 왕은 이보다 더 강할 거다."

서문엽은 히죽 웃었다.

"그런 말을 하면 더 싸워보고 싶잖아?"

"같이해 보지."

팀 훈련이 끝나고 늦은 시각.

두 사람은 함께 접속 모듈에 들어갔다.

* * *

풀 한 포기 없는 황무지.

거대한 바위들이 여기저기에 산처럼 서 있는 지형.

서문엽과 피에트로는 뱀을 볼 수 있었다.

[모든 감각이 예민한 놈이다. 말할 때 오러로 소리가 새어 나가지 않도록 해라. 할 줄 알 테지?]

[어, 할 줄 알아.]

서문엽은 피에트로에게만 들리도록 말을 건넸다.

피에트로는 눈살을 찌푸렸다.

[아직 투박하군. 오러의 파동도 쉽게 알아차린다. 더 적은 오러로 조심히 얘기하도록 해라.]

[끄응, 이 정도면 돼?]

서문엽은 아주 극미량의 오러만 써서 조심스럽게 말을 건넸다.

[아직 모자라지만 어쩔 수 없군. 저 뱀 보이나?]

[그래. 이야, 진짜 저 크기 맞아?]

서문엽은 뱀을 보고 감탄을 했다.

커도 너무 컸다.

똬리를 틀고 자고 있는 모습이 산과 같았다.

몸을 펴고 머리를 꼿꼿이 치켜들면 구름에 닿을 지경이다.

[고대의 선조들이 만든 뱀이다. 괴물 생태계에서 그리 유리한 종은 아니지. 맹독 외엔 큰 무기가 없고, 대부분의 괴물은 그 정도 맹독에는 내성이 있으니까.]

[전혀 안 약해 보이는데?]

[단점만큼 장점도 있지. 안전한 환경만 주어진다면 최대 저 크기까지 성장할 수 있다. 오러 보유량의 한계도 다른 괴물보다 훨씬 높지. 고대의 선조들은 오러 저장고 같은 역할로 저 괴물 종을 활용했더군.]

[너희 조상 돌았지?]

[저렇게까지 크도록 방치했을 리가 없으니까. 야생에서도 저렇

게 크기 전에 다른 괴물에게 죽임당한다. 특별한 지능이 없는 한은.]

서문엽은 뱀을 보고 질렸다.

분석안에 나오는 수치가 괴랄했다.

—대상: 뱀(괴물)

—근력 40,318/40,318

—민첩성 1,001/1,001

—오러 20,172/20,172

—약점: 없음.

서문엽은 지금까지 살면서 천 단위를 넘어가는 능력치를 본 적이 없었다. 엄청나게 큰 보스 몹 괴물도 근력이 천 단위였다.

단순히 순수 근력의 문제가 아니었다.

저 근력에 체중까지 실리면 자연재해다.

오러가 연소되어서 운동 에너지가 더 극대화될 테니 실질적으로는 몇 배로 위력이 불어난다.

그나마 낮은 민첩성도 1,001.

저 덩치로, 서문엽보다 10배는 더 민첩하다는 뜻이니 이것도 심각한 문제였다.

오러 2만은 그저 웃음만 나온다.

[인간적으로 저건 좀 심하지 않냐?]

[많이 약해진 상태다.]

[뭐?]

[시간을 조작해서 실제 왕의 추정 나이를 적용시켰다. 노화가 한참 진행된 상태지. 오차 범위가 클뿐더러, 실제 왕은 지능을 얻어서 오러를 일찍부터 활성화했으니 노화가 더 더딜 수 있다.]

서문엽은 하마터면 욕을 할 뻔했다.

[저건 아무리 봐도 이길 각이 안 나오는데.]

서문엽은 싸우기가 싫었다.

1%라도 승산이 있으면 어떻게든 공략하는 것이 서문엽의 근성이었다.

그런데 저건 좀 심하다.

타격을 입히는 것 자체가 불가능했다.

'아냐. 영체로 접근하면 돼.'

서문엽은 마음을 다잡았다.

민첩성 1,001.

놈은 분명 자신의 반응 속도보다 더 빠르게 공격할 거다.

피할 틈도 없으리라.

하지만 영체로 변신하면 공격을 무시할 수 있다.

[일단 한 번 해봐야겠다.]

서문엽은 창과 방패를 들고 나섰다.

쉬이익.

뱀은 곧장 서문엽의 인기척을 발견하곤 시선을 돌렸다.

거대한 노란 눈동자 한 쌍이 서문엽을 주시했다. 오싹해졌지만 겁먹지 않으려고 노력했다.

파아앗!

곧장 '불사'를 증폭시켰다.

영체로 변신한 서문엽.

뱀의 눈이 더욱 가늘어졌다.

혓바닥을 날름거리며 서문엽을 파악하려 든다.

혓바닥에서 엄청난 양의 오러가 뿜어져 나와서 위협적이었다.

서문엽에게는 엄청난 양의 오러가, 저 뱀에게는 그저 적을 감지하기 위해 내보내는 정찰용에 불과하니까.

[에라 모르겠다!]

팟!

서문엽이 달려들었다.

뱀은 곧장 꼬리를 휘둘렀다.

예상대로 서문엽이 피할 수 없는 속도로 날아들었다.

'하지만 영체니까 무시해도 괜……!'

빠어억!

*　　*　　*

"뭐야, 저건!"

훈련은 중단됐다.

덤빈 지 1초 만에 데스당한 서문엽은 무척 열받은 상태였다.

게임으로 치면 하드코어 게이머인 서문엽. 깨라고 만든 스테이지가 아닌데도 어떻게든 공략한다.

하지만 아예 시스템상으로 공략이 불가능하게 만들어놓으면, 개발자에게 쌍욕을 하게 마련.

"저게 말이 돼!"

서문엽은 피에트로에게 분노를 퍼부었다.

피에트로는 덤덤히 대꾸했다.

"왕은 영혼도 다룬다. 나보다도 잘. 영체를 공격 못 할 거라고 생각했나? 그랬으면 만인릉의 황제가 고생하지도 않았겠지."

"…그건 그러네."

슬그머니 수긍한 서문엽.

"게다가 방금 공격은 영혼에 직접 타격을 가하는 수법도 아니었다."

"뭐?"

"넌 그냥 엄청난 오러의 격류에 휩쓸려 버린 것이다. 영체가 견딜 수 없을 정도의."

서문엽은 그저 멍해졌다.

단순히 꼬리를 휘두를 때도 그 정도의 오러를 실었단 말인가.

세계의 멸망이 피부로 느껴지는 한 방이었다.

"내가 처음부터 이길 생각은 없었어. 그냥 한 대만 때려보자는 생각이었지. 근데 한 대도 못 때리겠네. 네가 녀석의 움직임을 잠시 멎게 할 수 있겠냐?"

피에트로는 고개를 저었다.

"내 힘으로도 불가능하다. 다만 이목을 돌려서 반응속도가 살짝 늦어지게 할 수는 있겠지."

그래 봤자 여전히 피할 수 없는 스피드로 꼬리를 휘두를 테지만 말이다.

서문엽은 고개를 끄떡였다.

"좋아, 일단 그걸 목표로 하자. 첫 공격을 어떻게든 피하는 게 1단계 훈련이다."

피에트로는 그런 서문엽을 가만히 바라보았다.

'정말 구원자가 맞나 보군.'

그 괴물을 보고도 여전히 투지의 불꽃을 꺼뜨리지 않는다. 합리적인 피에트로로서는 생각할 수 없는 끈기였다.

그렇게 두 사람의 훈련이 시작됐다.

예언의 괴물을 상대하기 위한 전투 시뮬레이션.

시작은 암담했다.

피에트로가 온갖 화려한 수법을 다 동원해서 뱀의 시선을 돌렸다.

그 틈에 영체가 된 서문엽이 돌입했다.

그러나 피에트로를 신경 쓰다가 이내 영체를 보는 뱀.

뒤늦게 꼬리를 휘둘렀고.

뻐어억!

결과는 마찬가지였다.

"씨발, 다시!"

서문엽은 독기를 품고 계속 도전했다.

몇 번이고, 몇 번이고.

꼬리를 휘두를 걸 알고 있는데도 못 피했다.

휘두르기 전에 피했는데도 말이다.

때로는 너무 성급하게 피하는 바람에, 꼬리가 수정된 각도로 날아와 파리 쫓듯 후려쳐 버렸다.

그렇게 30회쯤 시도를 하고 난 뒤였다.

"미치겠네."

잠시 휴식을 하던 서문엽은 문득 사무실의 거울로 스스로를 보며 분석안을 펼쳤다.

—대상: 서문엽(인간)

—근력 94/95

—민첩성 100/101

—속도 95/96

—지구력 97/98

—정신력 110/111

—기술 105/106

—오러 108/109

—초능력: 분석안, 던지기, 불사, 증폭, 영혼 연성

'어라?'

서문엽은 깜짝 놀랐다.

98이었던 민첩성이 100이 되어 있었다.

민첩성이 하루 만에 2가 오른 경험은 처음이었다.

가상 던전에 접속한 상태에서는 피지컬이 오르지 않는다. 신체 역시 가상의 아바타니까.

그런데 민첩성이 올랐다는 것은, 서문엽의 반사 신경이 빨라졌다는 뜻이었다.

뱀의 공격 속도에 반응하려고 애쓰다 보니, 초인적인 집중력과 맞물려서 뇌가 몸에 신호를 보내는 속도가 빨라진 것.

서문엽은 비로소 자신이 무엇을 연마해야 하는지 깨달았다.

'민첩성이다. 근력이고 지구력이고 나발이고, 일단은 첫 공격을 피할 정도의 민첩성을 기본적으로 갖추고 있어야 해.'

훈련은 좀 더 체계적이어야 했다.

그러기 위해 가브리엘 감독과 실력 있는 코치진이 YSM에 있었다.

가브리엘 감독을 찾아간 서문엽이 말했다.

"갑옷을 좀 더 경량화해야겠어."

"지금보다 더 말입니까?"

"어."

"지금도 이미 무장 상태가 딜러 수준입니다. 그보다 더 가벼우면 방어력은 전혀 기대할 수가 없습니다."

"괜찮아. 피하면 돼. 그리고 민첩성을 높일 수 있는 트레이닝 코스를 짜줘."

"갑옷뿐만 아니라 몸도 더 가볍게 하시겠다는 거군요. 근력의 손실이 일어날 수 있습니다."

"괜찮아. 난 더 빨라져야 해."

서문엽은 확인을 가지고 단호히 말했다.

"알겠습니다. 그러면 일단 피지컬 테스트를 다시 한번 하고 트레이닝 코스를 짜보도록 하죠."

그리하여 클럽하우스 내에 있는 메디컬 테스트 룸에서 피지컬 측정이 다시 이루어졌다.

양쪽 벽의 버튼을 연달아 누르는 테스트.

서문엽은 미친 듯이 움직였다.

파파파파파팟!

"헉."

"저게 사람이야?"

코치진은 멍해졌다. 가브리엘 감독도 놀라기는 마찬가지였다.

"어때? 얼마나 나왔어?"

"1,011점입니다. 비공식 세계 신기록이죠. 이보다 더 빨라져야겠다는 것은 욕심 아닐까요?"

"아냐. 내 생각은 확고해."

처음 아바타 테스트를 했을 때, 서문엽은 나단 베르나흐와 같은 1,007점 타이 기록을 세운 바 있었다.

하지만 그때는 고도의 집중력으로 육체 능력을 향상시킨 상태, 즉 초능력으로 각성하기 전의 '증폭'이었다.

지금은 민첩성을 증폭하지 않고도 최대 기록을 세운 것이다.

본격적으로 훈련에 들어갔다.

식단부터 조절하며, 매일 엄청난 양의 운동을 했다. 오직 민첩성을 끌어올리기 위한 코스였다.

웬만한 선수들도 오래 버틸 수 없는 혹독한 난이도였지만, 서문엽은 정신력이 인간의 한계를 넘어선 사람이었다.

"괜찮아. 지금보다 더 빡세게 가자."

"아무리 초인이라도 부상을 입을 수 있습니다."

"동준이 불러. 걔가 회복 걸어주면 돼."

그 말에 최동준 수석 코치가 훈련에 합류했다.

감독으로서는 부족했지만 선수들의 멘탈 관리에 능한 최동준 수석 코치는 서포터 출신으로 '회복'과 '고취'를 갖고 있었다.

최동준 수석 코치가 '회복'을 수시로 걸어주면서, 훈련이 더욱 탄력을 받았다.

YSM의 선수들은 서문엽의 엄청난 트레이닝에 자극받았다.

'세상에. 난 절대 저렇게 못 해.'

'어떻게 저런 훈련을 참고 계속할 수 있는 거야?'

'괜히 세상을 구한 영웅이 아니었구나. 멘탈부터가 인간이 아니었어.'

선수들은 그런 서문엽의 노력을 월드 챔스 우승을 위한 집념으로 착각했다.

구단주조차 저렇게 열심히 하는데 자신들도 가만히 안주하면 안 된다는 경각심을 느꼈다. 그들도 덩달아 평소보다 독한 훈련에 참여했다.

YSM에 활기가 돌았다.

'정말 우승이 꿈은 아니군.'

가브리엘 감독은 팀의 분위기를 느끼고는 희망을 얻었다.

그러나 트레이닝이 언제나 플러스만 된다면, 세상에 혹사하지 않는 선수가 없으리라.

혹독하게 스스로를 몰아붙인 결과, 체중이 줄었다. 그와 함께 근력도 94에서 93으로 하락. 그나마 손실이 이 정도에서 그친 것도 코치진의 뛰어난 케어 덕분이었다.

'좋아, 잘되고 있다.'

서문엽은 도리어 만족을 느낀다.

그 이유는 분석안으로 보이는 능력치가 설명해 주었다.

—민첩성 103/104

누구도 견딜 수 없는 혹독한 트레이닝.

그리고 일분일초도 흐트러지지 않고 집중력을 유지해 훈련 효과를 극대화시키는 정신력.

그 결과, 놀라운 수치가 만들어진 것이었다.

제7장

스피드

경량화된 방어구 제작을 맡긴 곳은 역시나 모로 공방이었다.

모로 공방은 마침 경량화에 최적화된 합금을 1년 전에 개발한 상태였다. 방어력이 너무 낮아 결국 사장된 재질인데, 서문엽의 주문에 의해 다시 쓰이게 되었다.

혹독한 훈련으로 체격이 달라졌으므로, 다시 치수를 재서 모로 공방에 보내주었다.

그리고 모로 공방은 금방 방어구를 완성하여 보내주었다.

갑옷부터 하나씩 걸쳤다.

투구, 부츠 등 모든 게 가벼웠다.

확실히 괴물에게 얻어맞으면 찢길 것 같았지만, 상관없었다.

'어차피 그 뱀 대가리한테는 빗맞아도 사망이야.'

하드 트레이닝을 하면서도 밤에는 계속 뱀과 사투를 벌인 서문엽.

여전히 첫 공격을 피하지는 못했지만, 정타(正打)는 피하게 되었다. 그리고 빗맞아도 골로 간다는 사실을 깨달았다.

내심 타락한 대사제를 처치해서 미연에 방지하길 빌어야겠다는 생각이 들었지만, 그렇다고 뱀과 싸워 이길 생각을 포기하진 않았다.

매일 사투를 벌인 효과는 있었다.

낮에는 육체를 트레이닝하고, 밤에는 뱀의 일격을 피하는 타이밍을 재며 반사 신경을 훈련했다.

검정색 슈트에 YSM의 팀 컬러인 은색 갑옷으로 무장한 서문엽.

다 착용하고 나니 예전 장비보다 깃털처럼 가벼운 느낌이 좋았다.

전신 거울로 확인하고는 만족감을 느꼈다.

—대상: 서문엽(인간)

—근력 93/95

—민첩성 106/107

—속도 96/97

—지구력 98/99

—정신력 111/112

—기술 107/108

—오러 108/109

—초능력: 분석안, 던지기, 불사, 증폭, 영혼 연성

훈련의 효과가 나타났다.

근력은 여전히 1 하락한 93 그대로. 이 정도를 유지한 것도 우수한 코치진 노력이 컸다.

대신 민첩성이 무려 106.

가브리엘 감독은 인간이 어디까지 빨라질 수 있는지 알게 되었다고 말했다.

그리고 부가적으로 속도, 지구력, 정신력이 1씩 올랐다.

몸이 가벼워져서 속도가 올랐다.

또한 워낙 혹독한 훈련 강도를 견디고, 계속 집중력을 100% 유지했으니 정신력이 오르지 않을 수 없었다. 지구력도 마찬가지였고.

'좋아. 강해지고 있어.'

기술도 그사이에 2 올랐다.

서문엽은 스스로를 아무리 몰아붙여도 멘탈이 부서지지 않는다는 걸 알기 때문에, 쉴 때도 그냥 쉬지 않았다.

쉬는 동안은 태블릿 PC로 나단 베르나흐의 플레이 영상을 참고하며 스피드를 어떻게 활용할지를 연구했다.

YSM 선수들은 서문엽이 월드 챔스에서 나단 베르나흐를 만났을 때를 대비한다고 알고 있지만, 실은 참고하고 써먹을 부분을 찾고 있었다.

나단 베르나흐는 서문엽이 아는 한 자기 스피드를 가장 잘 활용하는 선수였으니까.

무게가 서로 다른 두 자루 쌍도를 휘두르며 변칙적인 움직임을 일으키지만, 그것을 제외하면 상당히 간결했다.

쌍도법은 화려하지만, 단칼에 처치하는 것보다 시간이 낭비되기 때문에 자주 쓰지 않는다.

그런데도 쌍도법을 저 정도까지 연마한 이유가 무엇일까?

나단은 서문엽처럼 절묘한 속임수로 상대를 속이기보다는, 스피드로 윽박질러서 처치하는 스타일이었는데 말이다.

'완급 조절이야.'

아무리 빨라도, 계속 최고 속도로 쌍도를 휘두르면 결국 상대도 적응한다.

그러니 쌍도법의 변칙으로 한 번씩 쉬어가며 기어를 바꾸는 것이었다.

그런 완급 조절 덕에 나단은 계속 상대를 더 빠른 스피드로 윽박지르며 단칼에 쉽게 처치할 수 있는 것이다.

'좋아, 나도 할 수 있겠군.'

서문엽은 바로 자신의 전투 스타일에 적용시키기로 했다.

사실 난이도로 따지면 서문엽의 스타일이 가장 어려웠다. 계속 상대를 속이거나 연속 공격으로 상대가 빈틈을 드러낼 수밖에 없는 설계를 끊임없이 한다.

기술이 100에 달하지 않으면 흉내 낼 수 없는 극한의 난이도였다.

그런 테크닉이 덩치가 산 같은 괴물 뱀 앞에서는 무용지물일 뿐.

어쨌든 그러한 노력으로 기술도 올릴 수 있었다.

근력을 제외하면 종합적으로 쭉쭉 성장하고 있는 서문엽이었다.

"어떻습니까?"

가브리엘 감독이 물었다.

새로운 장비도 선수에게 매우 중요하므로 가브리엘 감독이 많은 신경을 쓰고 있었다.

"음, 아주 좋은데? 몸에 무척 가벼워."

"구단주님께서 써보시고 괜찮다면 이나연 선수에게도 적용해 보고 싶습니다."

"아하, 그러네. 넷티도 어차피 스피드로 승부하는 애니까."

지상에서 가장 빨리 달리는 인간인 이나연.

달리기와 점프로 날아다니지만, 대신 한 대라도 공격에 당하면 움직임이 멎어버리므로 순식간에 적의 킬 먹잇감이 된다.

어차피 맷집이 약한 거, 아예 서문엽처럼 최경량의 무장으로 무게나 덜자는 아이디어였다.

"일단 내가 한 번 써보고 괜찮다 싶으면 추천할게. 다음 경기가 아시아 챔스 8강전이었나?"

"예, 상대는 대만 팀입니다."

서문엽은 눈살을 찌푸렸다. 대만은 배틀필드에서 그리 강하지 않았다.

"4강전은?"

"아무래도 '베이징 바오펑'이 올라올 겁니다."

베이징 바오펑은 텐진 타이콴과 마찬가지로 아시아에서 손꼽히는 강팀이었다.

그제야 서문엽의 표정이 펴졌다.

"4강전으로 하자. 그 전엔 개인 훈련에 좀 더 집중할게."

"예, 그러시죠."

* * *

[근데 말이지.]

뱀을 앞에 두고, 서문엽이 입을 열었다.

[어차피 한 방에 뒈지면 영체로 변신할 이유가 없잖아? 그러면 '증폭'으로 민첩성을 높이고 뛰어드는 게 낫잖아?]

[맞는 말이다.]

피에트로가 동의했다. 하지만 그냥 동의하진 않는다.

[다만 접근에 성공하면 무기 영체화 외에 통할 만한 공격은 없을 거다.]

[그건 그렇지. 영체화된 무기가 아니면 이쑤시개로 벽돌을 찌른 격일 테니까.]

[첫 공격을 피하면 다음 공격이 이어질 거다. 그 짧은 틈에 무기 영체화를 한 뒤에 공격할 수 있을까?]

[안 되겠지. 하지만 그건 그때 가서 생각하자. 지금 당장의 목표는 뭐가 됐건 첫 공격을 피하는 거니까.]

[마음대로.]

피에트로가 마법진을 생성시켰다.

13개의 마법진에서 영령들이 쏟아져 나왔다.

영령들이 폭풍처럼 공격을 개시했지만 뱀은 별반 당황하지 않는다. 날파리 떼라도 본 듯한 반응이다.

그때, 서문엽이 달려들었다.

이번에는 영체가 아닌 맨몸이었다.

그래서일까.

뱀이 서문엽을 주시하는 게 평소보다 늦어졌다. 영체가 아니면 뱀이 위협을 느낄 이유가 없었기 때문.

하지만 역시나 서문엽이 가까이 접근하자 뱀도 반응했다.

곧바로 꼬리가 날아든다.

쐐애애애액!!

엄청나게 굵은 꼬리가 세차게 날아오니 파공성이 폭풍 같았다.

그리고 동시에.

'증폭, 민첩성에!'

서문엽이 힘껏 점프했다.

빠각!

꼬리를 아슬아슬하게 피했다!

하지만 완전히 피하지는 못하고 두 다리가 박살 났다.

"끄헉!"

비명을 지르며 날아간 서문엽이 뱀의 지척에 맥없이 떨어졌다.

두 다리가 으스러져 움직여지지 않았다.

하지만 그 와중에도 서문엽은 창을 꽉 움켜쥐고 있었다.

다급히 영체로 변했다. 운 좋게 뱀의 지척으로 날아왔다. 이 기회를 놓칠 수 없다. 한 대라도 때려서 작은 생채기라도 내고 싶었다.

그러나…….

텁!

꿀꺽!

* * *

"으헉!"

접속 모듈에서 나온 서문엽은 등에 젖은 식은땀을 닦았다.

그러고는 마찬가지로 접속을 끊고 나온 피에트로에게 소리쳤다.

"봤냐?"

"봤다. 완전히 피하지는 못했지만 어쨌거나 접근하는 데는 성공했더군."

"아니, 그거 말고! 그 새끼가 날 한입에 삼켰어!"

뱀의 머리는 꼬리처럼 빨랐다. 그냥 냅다 서문엽을 한입에 삼켰다. 덕분에 서문엽은 뱀의 몸속을 여행하다가 접속이 끊겼다.

"별로 좋은 기분은 아니었겠군."

"아오, 열받아. 한 방 먹힐 수 있었는데, 역시 접근하고 나서 영체화를 하기에는 시간이 촉박해."

"말했을 거다. 영체화를 하고 가야 접근했을 때 바로 공격할 수 있다고."

영체가 되면 하늘을 날 수 있다는 장점도 있다.

하지만 날아봐야 뭐 하겠나.

파리채 맞은 파리처럼 꼬리에 맞고 패대기쳐질 뿐인데.

역시나 민첩성을 증폭시켜서 달리는 게 스피드는 가장 빠르다.

서문엽은 곰곰이 생각하다가 말했다.

"무기 영체화를 더 빨리할 수 있도록 연습해야겠어."

결국 서문엽의 선택은 접근하고 난 후에 무기 영체화를 신속하게 펼쳐서 공격하는 방식이었다.

완전 영체 상태로 있으면 오러 소모가 심하다. 저 뱀을 단시간에 처치하는 건 불가능하므로, 장기전을 생각했을 때 완전한 영체 상태로 오러를 소모하면 이길 수 없었다.

"훈련 코스를 하나 더 늘려야 되네. 제기랄, 빡세다, 빡세."

그렇지 않아도 혹독한 서문엽의 하루에 무기 영체화 훈련이 추가되었다.

'완전히 피하진 못했지만 어쨌든 피할 수 있다는 희망은 확인했다.'

서문엽의 두 눈이 뜨겁게 타올랐다. 그의 삶을 지탱한 원동력, 오기와 투지였다.

'지가 아무리 빨라봐야 신체 구조는 머리, 몸통, 꼬리지. 공격 자체는 단순하니 예측하기도 쉬워.'

* * *

서문엽은 훈련에 몰두하느라 한동안 경기에 출전하지 않았다.

대신 피에트로가 오랜만에 경기장에 돌아왔다.

마법진을 본격적으로 활용하기 시작한 피에트로의 플레이

는 서문엽의 결장으로 관중들이 아쉬워할 틈도 주지 않았다.

"헉! 저게 뭐야!"

"저, 저걸 어떻게 뚫으라고……."

KB—1 리그 경기에서 만난 화성전자 팀 선수들은 한 타 싸움을 열었다가 눈앞의 광경에 할 말을 잃었다.

13개의 마법진이 주르륵 펼쳐진 채 YSM 선수들을 둘러싸 보호하고 있던 것이었다.

물론, 마법진에서는 영령들이 소환되어서 화성전자 선수들을 습격했다.

공격과 방어가 일체화된 최고의 필살기였다.

순식간에 4킬.

틀렸다 싶었는지 화성전자 선수들이 후퇴했다.

그러자 마법진 13개가 이번에는 퇴로를 가로막았다.

앞에는 마법진.

뒤에는 YSM 선수들.

양쪽에서 협공을 받고 화성전자는 전멸했다.

"와아아아아!"

"YSM! YSM!"

"천하무적 피에트로!"

YSM을 응원하는 관중들이 열광했다.

그야말로 적을 질식사시키는 듯한 피에트로의 무적의 마법진!

관중들은 피에트로가 세계 최고의 원거리 딜러라고 믿어 의심치 않았다.

그렇게 피에트로의 활약에 힘입어 YSM은 프로리그에서 연승 행진을 했고, 아시아 챔피언스 리그도 대만 팀을 꺾고 4강에 진출했다.

4강전 상대는 베이징 바오펑. 중국 슈퍼리그에서 텐진 타이콴과 우승을 다투는 라이벌 팀이었다.

그러나 YSM을 응원하는 한국 팬들은 희희낙락했다.

—베이징 바오펑 월드 챔스 단골 출장하는 강팀으로 유럽 빅클럽들도 무시 못 한다. 응, 근데 상대가 서문엽.

—서문엽 형님의 킬 신기록 달성을 응원합니다.

—베이징 지금 초상집ㅋㅋㅋ

베이징 바오펑 팬들은 4강전에서 강적 YSM을 만났음에도 침착한 반응을 보였다.

—결승에서 붙었으면 준우승이라도 했을 텐데 하필 4강에서 만나 버렸다.

—괜찮다. 월드 챔스 티켓은 3장 있다. 3·4위전에서 이기면 월드 챔스에 갈 수 있어.

—내일은 마음은 비우고 아시아의 자존심 서문엽을 응원하

겠습니다.

처음부터 이길 수 있다는 생각 자체가 안 들다 보니 패닉에 빠질 일도 없는 것.

라이벌 텐진 타이콴 선수들이 무참히 썰려 나가는 걸 보고 이미 마음을 비웠던 베이징 바오펑의 팬들이었다.

뿐만 아니라 전 세계에서도 한동안 결장한 서문엽이 이번에는 출전할 거라고 기대를 모았다.

서문엽 본인도 기대되기는 마찬가지였다.

'얼마나 강해졌는지 분석안으로 확인할 수는 있지만, 역시 숫자보다는 몸으로 체감하는 게 더 재미있지.'

하루 4시간만 자고 식사도 신속하게 해결하면서, 나머지 모든 시간을 훈련에 쏟았다.

그 결과.

—근력 92/95

—민첩성 107/108

—속도 97/98

—지구력 99/100

—오러 109/110

근력이 1 줄었지만, 다른 네 가지 능력치가 1씩 올랐다.

특히 오러 1 상승은 무기 영체화를 신속하게 펼치는 훈련을 하다가 얻은 쾌거였다.

괴물이 된 서문엽이 양민 학살을 위해 출격 준비 중이었다.

* * *

아시아 챔피언스 리그 4강전.

YSM 대 베이징 바오펑.

1차전은 YSM의 홈인 인천 배틀필드 경기장에서 치르게 되었다.

인천 배틀필드 경기장은 본래 인천 BC의 홈이었다. 그곳을 YSM이 한정실업 시절부터 빌려 쓰고 있을 뿐.

하지만 지금에 와서는 상황이 역전되어 YSM의 홈이고 인천 BC가 빌려 쓰는 것처럼 보이게 되었다.

인천 BC는 KB-2 리그 클럽인 데 반해 YSM은 한국 무대를 제패하고 세계적인 강호로 발돋움하려 했기 때문이다. 현재 인천에서 YSM의 서포터 숫자는 인천 BC를 아득히 압도하고 있었다.

서문엽은 클럽의 재정이 탄탄해지면서 연고지를 옮길 기회가 여러 번 있었지만, 결국 강화도에 남는 선택을 했다. 주변 땅값이 싸서 이것저것 시설을 잔뜩 짓기 쉬웠기 때문.

게다가 인천 전체가 자신들의 연고지나 다름없게 되었다.

새로 부임한 인천시장이 서문엽의 팬이라 경기장을 증축해 주는 등 YSM의 편의를 봐주고 있었다. 인천을 떠나지 말라는 회유였다.

덕분에 인천 BC는 기필코 KB-1 리그로 승격하고야 말겠다며 이를 갈고 있는 상황.

YSM의 영향력은 인천에서 끝나지 않았다.

강화도에서 인천으로 가려면 김포를 반드시 거쳐야 했는데, 김포는 마침 변변한 프로 팀도 없었다. 서문엽의 귀환 이후로 배틀필드 열풍이 불었기 때문에, 김포도 YSM을 자신들의 연고팀으로 여기며 응원했다.

사실 대한민국 전 국민이 서문엽을 응원하고 있으니 주변 지역을 점점 잠식하는 것은 이상한 일이 아니었다.

"우와아아아!!"

"YSM! YSM! YSM!"

"서문엽! 서문엽!"

인천 배틀필드 경기장.

관중석을 가득 메운 서포터들이 쩌렁쩌렁한 응원을 펼쳤다.

함께 입장한 베이징 바오펑의 선수들은 그 응원 열기에 압도되었다.

YSM의 팬들은 어김없이 야유를 퍼부었다.

"중국 놈들 왔냐!"

"여기가 너희들 무덤이다!"

"서문엽이 너희들 몸에 창으로 꽂꽂이 할 거다!"

"죽으러 잘 왔다!"

선수들이 하나하나 대형스크린에 비춰지며 호명되니 YSM 선수들에게는 환호를, 베이징 바오펑 선수들에게는 야유를 보냈다.

오늘은 오랜만에 서문엽과 피에트로가 함께 출전하는 탓에 관중들이 더 흥분해 있었다.

하지만 그런 적지의 응원 열기 말고도 베이징 바오펑 선수들을 신경 쓰이게 만드는 것은 따로 있었다.

바로 서문엽.

그의 무장이 오늘은 아예 근접 딜러보다도 가벼워 보였던 탓이었다.

'살짝 맞아도 박살 날 것 같은 갑옷인데?'

'대체 얼마나 빨리 움직이려고 작정했기에?'

'전에는 도망치는 리양신도 따라잡았을 정도지.'

서문엽을 상대할 생각에 베이징 바오펑 선수들의 머릿속은 혼잡해졌다. 감독조차 그들에게 수비 위주의 장기전을 주문했다. 약팀이 강팀 상대로 하는 뻔한 방식 말이다. 감독도 이길 생각을 못 하고 있다는 증거였다.

1세트 경기가 시작되었다.

경기 시작 후 양상은 평범했다.

빠른 사냥이 이번 시즌 테마인 YSM은 일분일초라도 더 빠르게 사냥하려고 시간 단축에 열을 올렸고, 수비 위주의 장기전을 하려는 베이징 바오펑도 특별한 공격을 시도하지 않았다.

그때였다.

"나 잠깐 다녀온다."

평범하게 사냥을 하던 서문엽이 어슬렁어슬렁 베이징 바오펑의 진영으로 향하기 시작했다.

가는 길에도 만나는 괴물을 사냥하고 있었지만, 그때까지도 서문엽은 아직 훈련의 성과를 제대로 발휘하고 있지 않았다.

하지만 서문엽이 움직이기 시작하자 모든 관중이 이미 그를 주목했다.

—서문엽 선수, 혼자서 적진으로 향합니다.

—단독으로 견제에 나서는데, 정말 대단한 자신감입니다. 위치를 들켜서 11명의 적에게 쫓겨도 몸을 빼낼 자신이 있는 겁니다.

—그렇습니다. 최근 발이 굉장히 빨라진 서문엽 선수이니까요. 심지어 오늘은 경량화된 특수 갑옷을 입고 출전했죠. 보다 스피드를 살린 플레이를 하겠다는 뜻입니다.

—그 진가를 이제 곧 확인할 수 있을 것 같습니다. 다만 베이징 바오펑이 이번 경기에 마법형 원거리 딜러 선수를 3명이

나 넣었기 때문에 각별히 주의해야 합니다.

—강한 화력을 지닌 초능력으로 한 타 싸움 시 변수를 만들어보자는 의도죠. 그런데 서문엽 선수는 소멸 광선도 막는 선수라 얼마나 효과가 있을지는 모르겠습니다.

마침내 적진에 도달한 서문엽.

그때부터는 본격적으로 괴물들이 출몰하지 않는 지형으로 조심스럽게 이동했다.

괴물들 탓에 소란이 일어나 위치를 들키면 여기까지 온 게 수포로 돌아간다.

하지만 괴물들의 습성에 대해서는 단연코 서문엽이 제일 전문가라고 할 수 있었다.

서문엽은 손쉽게 괴물들에게 들키지 않고 베이징 바오펑 선수들이 사냥하는 현장에 도착했다.

'5명.'

탱커 1명, 근접 딜러 3명, 원거리 딜러 1명.

5—3—3으로 흩어져서 사냥 중인 듯했다.

가장 견제받기 쉬운 지역에 5명이 조를 이루고, 다른 곳은 3인 1조로 활동하는 패턴이다.

서문엽은 베이징 바오펑이 5—3—3을 썼던 경기들을 떠올려 보았다.

단순한 5—3—3이 아니다.

5인 1조가 중심을 이루고, 3인씩 모인 두 조가 위성처럼 일대를 돌아다니며 사냥 겸 정찰을 해낸다. 대체로 기동력이 좋은 중국 선수들이다 보니 그런 역동적인 전술을 펼치기 용이한 것.

'여기서 저 다섯 녀석을 치면 바로 양방향에서 포위망을 펼치겠군.'

서문엽은 베이징 바오펑 선수들의 움직임을 거의 다 예상하고 있었다.

머릿속으로 시뮬레이션을 돌리며 어떻게 공격해서 어느 루트로 빠져나갈지를 구상했다.

전술 100.

서문엽은 금방 견적을 잡았다.

"야, 피에트로."

—뭐냐?

"잠시 후에 내가 지시하면 3—2 구역으로 공간 이동해."

—알았다.

그렇게 안배를 하나 해둔 후 공격하기로 결심한 서문엽은 창을 꼬나 쥐었다.

쉬익!

첫 공격은 역시 투창으로 시작했다.

손끝으로 창대를 긁어 회전을 일으키며 던진 창은 스크루를 그리며 날아갔다.

타깃은 적 원거리 딜러였다. 강력한 마법형 초능력을 쓰므로 가장 먼저 처치하려 했던 것이다.

"헉!"

아쉽게도 원거리 딜러는 소스라치게 놀라 엉덩방아를 찧었지만 창에 맞지는 않았다.

하지만 그것으로 충분했다. 다시 몸을 일으킬 때까지 초능력을 쓰지 못할 테니까.

서문엽은 새 창을 꺼내며 비호처럼 달려들었다.

"적이다!"

"서문엽!"

베이징 바오펑 선수들이 소리쳤다.

탱커가 본능적으로 앞장서서 서문엽의 앞을 가로막았다.

서문엽은 탱커를 피해 오른쪽으로 움직였다.

탱커도 급히 오른쪽으로 따라붙는다.

바로 그때.

홱!

급격한 180도 턴으로 방향 전환!

"큭!"

탱커는 방향 전환을 쫓아가지 못하고 휘청거렸다.

마술 같은 플레이가 펼쳐졌다.

180도 돌았을 때, 서문엽은 양손에 들고 있던 창과 방패를 바꿔 들고 있었다. 창을 왼손에, 방패를 오른손에 스위칭한 것이다.

왼쪽으로 방향을 돌려 탱커를 따돌린 서문엽은, 왼손에 쥔 창을 곧장 던졌다.

탱커가 간신히 왼쪽으로 방향을 돌려서 쫓아오려 할 때는 이미.

콰직!

—서문엽, 1킬.

탱커를 믿고 바짝 뒤따르던 근접 딜러가 투창에 맞아 데스 당한 뒤였다.

눈 뜨고 적에게 따돌려진 탱커는 어안이 벙벙해졌다.

'방금 뭐야? 왜 이렇게 빨라?!'

방향 전환만으로 간단히 따돌려진 경험은 지금까지 결단코 없었다. 이렇게 쉽게 따돌릴 수 있으면 탱커라는 포지션이 존재할 필요가 없지 않은가!

동료를 보호해야 하는 탱커의 입장에서 자신이 마크하던 적이 킬을 거두는 것은 치욕스러운 일이었다.

하지만 탱커의 수난은 이제 시작이었다.

씨익.

웃어 보인 서문엽은 새 창을 꺼내 들며 달렸다.

서문엽이 속도는 97.

거기다가 현존하는 방어구 중 가장 가벼운 장비를 무장한 상태.

증폭을 쓰지 않았는데도, 탱커가 따라잡을 수 있는 빠르기가 아니었다.

서문엽은 적들 사이를 가로질렀다.

그대로 원거리 딜러에게 창을 찔렀다.

이미 몸을 추스르고 초능력을 펼칠 준비를 하고 있었던 원거리 딜러였지만.

슈칵!

—서문엽, 2킬.

거의 눈 뜨고 킬을 그냥 내줬다.

슬로우 모션으로 보면 가만히 있다가 그냥 창에 찔린 걸로 보였다.

하지만 실제 스피드로 그 광경이 방영된 경기장은 뜨겁게 달아올랐다.

—우와아! 빠릅니다! 어떻게 저렇게 빠른가요?!

—창을 찌르는 속도가 너무 빨라서 상대가 보고도 아무 반응 못 했습니다! 정말 놀라운 스피드입니다! 눈앞에서 찌르는데 상대가 반응도 못 할 정도로 빨라요!

그랬다.

빨라도 너무 빨랐다.

다시 방향을 왼쪽으로 돌려서 2명의 근접 딜러 중 하나를 새 타깃으로 잡았다.

그 와중에 열심히 쫓아오는 탱커를 흘깃 바라보았다.

서문엽은 피식 웃었다.

'고생한다.'

탱커의 존재감은 완전히 지워져 있었다.

서문엽은 또다시 빠른 스피드로 반시계 방향으로 우회하며 탱커를 따돌렸다.

그대로 쌍검을 든 근접 딜러와 맞붙었다.

아니.

콰악!

—서문엽, 3킬.

한쪽이 일방적으로 죽임당하면 맞붙었다고 표현할 수 없다.

아래위로 두 번 연속 찌르는 창에, 근접 딜러는 삽시간에 데스됐다.

아래를 찌르다가 다시 머리를 찌르는 창의 왕복 속도가 너무 빨랐으니까.

상대가 너무 빠르면, 그 템포를 쫓기도 바빠서 깊이 생각할 틈이 없다. 그 결과, 간단한 트릭에도 자기도 모르게 반응해 버린다.

'이런 맛이구나.'

나단 베르나흐가 왜 매년 킬을 쓸어 담는지 체감할 수 있었다. 적의 목을 따기가 너무나 손쉬운 스피드의 세계였다.

"내 뒤로 와!"

동료 세 명이 죽을 때까지 아무것도 못한 탱커는 거의 울 듯한 얼굴로 소리쳤다.

근접 딜러 1명은 다급히 탱커의 뒤로 피신했다.

서문엽은 멈추지 않았다. 지금도 이미 양방향에서 적들이 몰려오고 있다. 미리 플랜을 다 계산했기 때문에 단 1초도 낭비할 수 없었다.

좌악! 착! 착!

서문엽은 미끄러지듯 움직이며 좌, 우, 좌, 우로 지그재그 스텝을 밟았다.

탱커도 덩달아 좌, 우, 좌, 우로 고개가 획획 돌아갔다.

고개만 돌리는데도 너무 빨라서 템포를 따라잡기 벅찼다.

자연히, 서문엽이 오른손에 쥔 창에 주의가 쏠릴 수밖에 없다. 방패보다 창이 더 위협적인 건 당연했으니까.

그 심리를 서문엽이 모를 리 없었다.

뻐억!

—서문엽, 4킬.

결국 공격은 왼손에 든 방패로 후려치기였다.

탱커마저 4킬의 희생양이 되었다.

"으악! 괴물!"

탱커까지 데스되자 홀로 남은 근접 딜러는 재빨리 달아났다.

서문엽은 쫓지 않았다.

슬슬 양방향에서 적들이 나타날 시간이었으니까.

서문엽은 냅다 달아나기 시작했다.

그러자 7명의 베이징 바오펑 선수들이 양방향에서 그를 추격했다.

단 한 사람에게 최단시간에 4킬을 헌납해 버렸다. 이대로 멀쩡히 보내면 수치였다.

"잡아!"

"서문엽을 처치해야 돼!"

"이대로 살려 보낼 수는 없어!"

하지만 맹렬히 쫓아온 그들을 반긴 것은 바로 피에트로였다.

서문엽의 지시로 공간 이동해 온 상태였던 것이다.

13개의 마법진이 허공에 떠오른 채 플래카드처럼 환영하는 것을 보며, 베이징 바오펑의 선수들은 졌음을 직감했다.

피에트로는 영령을 소환하여 3킬 1어시를 기록했다.

그리고 서문엽은 혼자서 살아남은 적 잔당을 모두 처치해 8킬을 기록했다.

한 세트 8킬도 대단한데, 심지어 최단시간 8킬 신기록이었다.

서문엽은 이미 자신의 스피드를 100% 살린 스타일을 완성한 모습이었다.

*　　　*　　　*

서문엽의 경이로운 플레이에 떠들썩한 경기장.

베이징 바오펑의 선수 대기실까지 환호성이 들릴 정도였다. 가뜩이나 초상집 분위기인데 상처에 소금 뿌리는 격이었다.

선수들은 모두 멍해져 있었다.

감독도 덩달아 멍했다가 뒤늦게 정신을 차렸다.

"다들 정신 똑바로 차려!"

그제야 정신이 현실 세계로 돌아온 선수들.

감독이 말했다.

"5—6으로 간다. 절대로 개별 행동 하지 말고, 언제든 위급 상황 시 금방 합류할 수 있도록 서로 거리 유지한다."

"예……."

선수들은 대답은 했지만 자신은 없어 보였다.

그도 그럴 것이, 그들 중 셋을 제외하고는 모두 서문엽에게 데스당했다. 제대로 싸워보지도 못했다.

불의의 기습을 당한 것도 아닌데, 제대로 합을 나눈 이가 한 명도 없었다. 불가항력이라고밖에 할 수 없는 스피드였다. 서문엽 혼자 2배속으로 움직이는 느낌이었다.

"그리고 다음 경기는 5탱커 체제로 간다."

선수들의 안색이 더 안 좋아졌다.

5탱커에 마법형 원거리 딜러만 3명.

그야말로 한 타 싸움에서 요행히 이기는 것을 노리는 조합인 것이다.

"탱커들은 서문엽을 쫓으려 하지 마. 저 속도는 따라잡을 수가 없다. 대신 지역 방어로 딜러들이 대피할 수 있는 방어선을 형성하는 거다. 알겠나?"

"예!"

명색이 베이징 바오펑이라는 중국 명문 클럽의 감독이기에 급조된 대책이라도 마련했다.

하지만 2세트 경기 시작 전을 알리는 안내가 들리자, 선수들은 도살장에 끌려가듯이 접속 모듈로 향했다.

선수들을 보내는 감독도 침통한 얼굴이었다.

'파리 뤼미에르와 경기를 치렀을 때도 이 정도로 희망이 없지는 않았다. 어디서 저런 괴물이 나타나 가지고……'

월드 챔피언스 리그에서 파리 뤼미에르 BC에게 호되게 당한 기억이 있는 베이징 바오펑.

그때 이후로 파리 뤼미에르 BC의 전술을 본받아 기동력을 살린 3탱커 전술로 팀의 색채를 바꿨고, 지금까지는 성공적인 변화였다는 평가를 받았다.

그런데 다시 세계 정상 무대에 도전장을 내밀기도 전에 터무니없는 괴물을 만나게 된 것이다.

*　　*　　*

2세트.

이번에는 YSM 전체가 베이징 바오펑의 진영을 향해 조금씩 전진했다.

전력에서 우위인 것을 1세트에서 확인했으니 아예 처음부터 압박하기로 한 것이다.

YSM이 접근해 오니, 베이징 바오펑은 충돌을 피하기 위해 보다 떨어진 지역으로 옮겨 다니며 사냥을 해야 했다.

하지만 그들의 5탱커 3원딜은 애당초 사냥하기에 적합한 조합이 아니었다.

YSM과 거리를 벌리기 위해 우회하다 보니 동선도 길어지고 사냥은 점점 느려졌다.

거기다가 YSM은 이나연의 빠른 발을 이용해 넓은 활동 범위를 가졌고, 개리도 '강화된 시력'으로 감시망이 넓었다. 이를 피하려다 보니 베이징 바오펑의 활동 범위는 상대적으로 점점 축소되고 있었다.

안 되겠다 싶었는지 베이징 바오펑은 한판 승부를 벌이기로 했다.

그렇게 벌어진 한 타 싸움.

파앗!

서문엽이 앞장서서 돌격했다.

빠른 속도로 달려간 서문엽은 단단히 방패를 들고 버티고 있는 탱커에게 창을 있는 힘껏 내질렀다.

'증폭, 근력!'

달리는 속도 97.

창을 내지르는 민첩성 107.

창에 실린 근력 92.

쿠아앙!

"헉!"

탱커는 몸이 통째로 뒤로 밀려났다.

밀리지 않도록 단단히 지면에 발을 딛고 버티고 있었는데, 속절없이 온몸이 뒤로 붕 떠서 날아가 버린 것이다.

쿠당탕!

탱커는 벌렁 쓰러져 버렸다.

탱커 라인이 뚫리자 서문엽은 안으로 치고 들어갔다.

적진 안에서 서문엽의 쾌속의 창술이 펼쳐졌다.

—서문엽, 1킬.

—서문엽, 2킬.

—서문엽, 3킬.

탱커 라인 뒤에 있던 딜러들이 그대로 서문엽의 공세에 노출되었다.

추풍낙엽.

서문엽이 한차례 짓밟고 적 진형을 무너뜨리자, 뒤이어서 칸 아르얀이 서문엽의 뒤를 쫓아 침투했다.

아직 대인전 전술적 이해도는 투박하지만 킬 기회를 포착했을 때는 무섭도록 과감해지는 칸 아르얀이었다.

—칸 아르얀, 1킬.

—칸 아르얀, 2킬.

두 자루의 단검을 회전시키며 작은 상처를 입히는 칸 아르얀의 단검술. 작은 상처만 입어도 맹독이 침투하므로 금방 킬이 벌어졌다.

개리와 사니야의 합작도 일어났다.

—사니야 아흐메토바, 1킬.

개리 윌리엄스가 멀리서 저격해 탱커의 발목을 화살로 맞혔고, 비틀거리는 탱커를 사니야가 근력 강화 후 창을 내질러 박살 내버렸다.

하이라이트는 곧 펼쳐졌다.

파파파파파파파파팟!

베이징 바오펑 선수들을 에워싸며 나타난 13개의 마법진.

거기서 소환된 영령들이 폭풍처럼 적을 쓸어버렸다.

남은 5명의 선수가 모조리 피에트로에게 데스당하고 말았다.

11—0.

2세트도 압승이었다.

*　　　*　　　*

〈YSM 아시아 챔피언스 리그 결승 진출〉

〈YSM, 월드 챔스 티켓 확보〉

〈서문엽 도합 11킬. 수준이 달랐다〉

〈외신도 찬양일색 '서문엽, 세계 최강의 선수'〉

YSM이 아시아 챔피언스 리그 결승전에 진출했다.

상대는 용케도 중국과 일본 클럽들을 제치고 올라온 같은 한국 팀인 쌍성 스피리츠.

참고로 쌍성 스피리츠는 벌써부터 아시아 챔스 준우승을 축하하는 분위기였다.

월드 챔스 티켓을 확보한 것만으로도 그들로서는 충분히 쾌거였다. 월드 챔스에 진출만 하면 거액의 중계료가 배분되기 때문에 클럽 재정에 큰 도움이 된다.

대한민국에서 두 팀이나 월드 챔스에 진출한 것은 처음이었으므로 축제 분위기였다.

중국이 거의 독점하다시피 했던 월드 챔스 아시아 티켓을 2장이나 확보한 것이다.

아시아 챔스가 끝나면 월드컵도 있고, 그 뒤엔 월드 챔스도 있으니 올해는 대한민국 배틀필드 팬들의 축제였다.

아시아 챔스 결승전은 모두가 예상했던 대로 YSM의 승리로 끝났다.

쌍성 스피리츠도 최선을 다해 싸웠고, 양 팀은 5판 3선승제인 결승전에서 마지막 5세트까지 가는 접전을 펼쳤다.

당연하지만 서문엽과 피에트로가 결장했기 때문이었다. 게다가 사니야도 빠지고, 출전 기회가 적었던 선수들에게 좀 더 기회를 준 YSM이었다.

그럼에도 쌍성 스피리츠보다 단연 전력이 앞서는 YSM이었지만, 이번 결승전은 서문엽이 빠진 3탱커로 새로운 실험을 하느라 다소 고전한 측면이 없지 않았다.

가브리엘 감독은 서문엽을 탱커지만 탱커 라인에서 벗어나 딜러처럼 활약하는 '가짜 탱커' 체제를 완성시키고 싶었다.

그러기 위해서는 서문엽 없이도 파울 콜린스, 최혁, 김진수가 탄탄한 방어선을 유지할 수 있어야 했다.

이 3탱커 라인이 결승전에서 다소 삐걱거렸던 것이 5세트까지 간 혈전을 치른 원인이었다.

결국 5세트는 사니야를 투입시켜서 안전하게 이겼다. 이미 기량이 월드 클래스의 수준에 오른 사니야는 아시아에서 당해낼 자가 없었기 때문에 서문엽과 피에트로를 동원할 필요도 없었다.

하지만 가브리엘 감독은 우승컵을 갖고도 코치진과 서문엽을 불러놓고 반성 겸 대책 회의를 했다.

"탱커 라인이 예상 외로 부실하네."

서문엽이 말했다.

가브리엘 감독은 고개를 끄덕였다.

"예. 탱커 3인을 뜯어보자면, 일단 메인 탱커인 파울 콜린스는 괜찮았습니다. 아시아 챔스 대회 내내 그의 방어가 흔들렸던 적은 한 번도 없었습니다."

"당연하지. 아시아에서 걔 가드를 정면 돌파할 수 있는 선수는 거의 없어."

서문엽이 단언했다.

—대상: 파울 콜린스(인간)

—근력 96/96

—민첩성 79/79

—속도 70/70

—지구력 90/90

—정신력 80/85

—기술 79/84

—오러 83/85

—리더십 35/56

—전술 54/70

—초능력: 강철 육체

—강철 육체: 1초에 1의 오러를 소모하며 육체의 내구력을 비약적으로 높인다.

파울 콜린스는 기량을 거의 만개했다.

근력 96, 지구력 90. 클래식 탱커로서 육체적으로는 이미 완성 상태다.

70으로 부족한 편이었던 기술이 79까지 확 오르면서 이제 플레이에 미숙함이 사라졌다.

이는 매일 서문엽의 집중 지도를 받는 멤버였기 때문이다.

파울, 개리, 사니야, 박영민, 신수경은 매일 팀 훈련이 끝난 뒤에도 서문엽과 싸우며 특별 훈련을 받는 멤버였다.

월드 챔스에 대비해서 서문엽은 세계 무대에서 통할 가능성이 있는 선수들로 그들 5인을 따로 불러내 미친 듯이 조련한 것이었다.

그 덕에 파울 콜린스는 YSM에 온 뒤로 좀처럼 데스를 당하지 않는 믿음직한 탱커가 되었다.

96의 근력을 가졌고, 초능력 '강철 육체'를 쓰며 버티면 누구도 파울을 데스시킬 수 없었다.

코치진들 중 탱커 코치가 입을 열었다.

"최혁은 이제 성장에 정체가 온 것으로 보입니다. 하지만 아시아에서는 여전히 훌륭한 탱커입니다. 지난 결승전에서도 좋은 활약을 했죠."

—대상: 최혁(인간)

—근력 90/90

—민첩성 75/75

—속도 71/71

—지구력 70/70

—정신력 77/80

—기술 70/70

—오러 82/82

—리더십 43/43

—전술 55/55

—초능력: 오러 집중, 내구력 강화

그 의견대로 최혁은 이제 더 성장할 여지가 없었다.

모든 능력치가 한계까지 개발된 상태.

근력은 90으로 준수한 편인 최혁은 어디까지나 클래식 탱커로 분류됐다.

최신 트렌드인 멀티 탱커를 하려면 발이 빠른 게 중요한데, 최혁은 속도가 71로 빅 리그 기준으로는 느린 편이었다.

근접 딜러 출신이라고는 하지만 한국에서나 통할 수준이지 미국이나 유럽에서는 어림도 없는 스탯인 것이다.

그렇다고 클래식 탱커라고 하기에는 근력만큼 중요한 지구력이 70밖에 되지 않았다.

한마디로 한계가 너무 뚜렷했다.

"최혁 선수는 장단점이 뚜렷하죠. 결승전에서 좋은 활약을 할 수 있었던 것은 상대가 약팀이었기 때문입니다."

가브리엘 감독이 말했다.

최혁도 장점은 있었다.

바로 공격도 가능한 초능력이 있는 탱커라는 점.

'오러 집중'이 공격에도 쓸 수 있는 초능력이기 때문에 위의 단점을 상쇄하고 있었다.

가브리엘 감독이 이어서 말했다.

"하지만 결승전에서 드러난 탱커진의 구멍은 김진수 선수입니다."

"음……."

서문엽은 안타까워했다.

탱커인데 근력이 약하다는 최악의 결점이 있는 김진수.

지구력과 방패 다루는 기술이 좋으며, '희생', '재생'이라는 특별한 초능력이 있다는 장점 때문에 서문엽이 월드 챔스에 데리고 가려던 보조 탱커였다.

그런데 문제가 생겼다.

"구단주님이 포함된 4탱커 체제에서는 보조적인 역할을 훌륭히 했지만, 구단주님이 빠지고 3탱커 체제가 되자 가중된 부담을 이기지 못하고 적의 돌파가 집중되는 구멍이 되었습니다."

한 타 싸움이 발생하면 탱커들이 최소한 정면과 좌우 3방향을 커버해야 한다.

서문엽, 파울, 최혁이 함께 3방향을 커버하면, 김진수는 필요한 곳을 찾아다니며 혹시나 생기는 구멍을 메꾸는 역할을 했다.

하지만 서문엽이 빠지자 김진수가 3방향 중 하나를 맡아야 했던 것이다. 그리고 그럴 탱킹력이 없다는 것이 결승전에서 드러났다. 쌍성 스피리츠는 집요하게 김진수만 팠으니까.

"4탱커였을 때는 괜찮지만 3탱커로 팀의 전술 컬러가 변화하면서 손해를 보게 된 선수로군요."

탱커 코치가 안타까워했다. 힘이 약하다는 자신의 약점을 잘 알고 극복하려 노력했던 김진수의 평소 태도를 누구보다도 잘 알았기 때문이다.

"희생과 재생이 있잖아. 이건 중요한 옵션이야."

"그것도 색 바랜 장점이 됐습니다."

서문엽의 말에 가브리엘 감독이 잘라 말했다.

"구단주님이나 피에트로 아넬라 선수, 둘 중 한 사람을 대신해 희생한다면 김진수 카드는 충분히 가치를 120% 한 것이겠죠. 그런데 그 두 사람 외에는 다른 누구를 대신해 희생해도 오히려 탱커를 하나 잃는 것이 팀에 손해가 됩니다."

그리고 서문엽이나 피에트로나, 경기 중에 데스당할 일이 좀처럼 없는 선수였다.

피에트로는 언제나 안전한 곳에 있고, 위기에 빠져도 마법진 13개를 방패로 활용한다.

서문엽은 이제 최강의 스피드를 손에 넣어서 위기에 빠질 일 자체가 없어져 버렸다.

그 두 사람이 위험할 일이 거의 없어졌는데, 그 둘 대신 희생해 줄 수 있는 김진수의 가치도 하락한 것.

"새 탱커를 영입해야 합니다."

제8장

대표 팀 소집

YSM은 아시아 챔피언스 리그 우승 및 프로리그 1위로 전반기 시즌을 마무리했다.

하지만 배틀필드 팬들에게 축제는 이제부터였다.

곧 월드컵 시즌이었기 때문이다.

각국은 월드컵을 앞두고서 대표 팀을 점검하기 위해 A매치 일정이 잡혔는데 대한민국 대표 팀도 마찬가지였다.

그 탓에 YSM 소속 선수들 상당수가 국가 대표로 차출되었다.

외국 국가 대표 선수도 많았다.

개리 윌리엄스가 영국 통합 대표 팀에 또다시 차출됐다. 최근 개리의 원거리 딜러로서 뛰어난 모습을 보였기 때문에 대표 팀에 남아 있을 수 있었다.

사니야 아흐메토바는 당연히 카자흐스탄 대표 팀의 부동의 에이스로 불려갔다.

의외인 것은 칸 아르얀.

망한 7영웅, 인도의 수치라 불리며 욕만 잔뜩 먹던 칸 아르얀이었지만 YSM에서 선수로 새 출발 하면서 좋은 기량을 보여주자 다시금 인도 국민의 기대를 불러 모았다. 그 결과 인도 국가 대표 선수로 차출되는 쾌거를 거두었다.

YSM에 있었던 반 시즌 동안 정말로 도박을 끊고서 성실하게 선수 생활을 했던 칸 아르얀.

모바일 게임으로 사행성 캐시 아이템을 마구 질러대다가 서문엽에게 얻어터진 정도가 그가 저지른 말썽의 전부였다.

가족의 품에 다시 돌아가기 위해 열심히 노력했던 칸 아르얀은 국가 대표가 되는 영예를 안자 감격했다.

그 바람에 신이 나서 인도의 우승을 이끌겠다느니 허풍을 쳤지만, 인도인들도 진지하게 받아들이지 않고 그러려니 했다.

외국인 선수 4인 중에서 무려 3인이 국가 대표이니, 이 또한 강팀의 면모라 할 수 있었다.

당연히 YSM 소속의 한국 국가 대표 선수는 더욱 많았다.

서문엽, 피에트로 아넬라는 단연 한국 대표 팀의 에이스. 거기에 최혁도 대표 팀의 메인 탱커로 부동의 주전이었다.

세계에서 가장 빠른 선수로 명성을 날린 이나연도 호출됐고, 심영수, 조승호도 대표 팀 명단에 포함됐다.

여기까지만 해도 무려 6명.

조승호 외에는 모두 주전이라서 한 팀에서 너무 많은 선수를 뽑는 게 아니냐는 말도 나왔다. 하지만 YSM이 한국 최고의 강팀이다 보니 어쩔 수 없었다.

여기서 1명이 더 추가되었다.

바로 박영민.

이제는 PC방 양아치라는 별명 대신 자신의 초능력인 화염검으로 더 유명해진 신예였다.

—대상: 박영민(인간)

—근력 83/84

—민첩성 83/85

—속도 80/81

—지구력 70/70

—정신력 62/62

—기술 78/81

—오러 76/76

—리더십 17/32

—전술 54/54

—초능력: 화염검

시즌 내내 계속된 서문엽의 특별 훈련 덕에 폭발적으로 성장한 박영민.

근력은 1밖에 안 올랐지만 민첩성 3, 속도 4 상승이라는 쾌거를 거두었다.

서문엽이 스피드를 끌어올리기 위해 상상을 초월하는 극한 훈련을 하는 것에 자극받아서 따라 하다 보니 스피드가 올라간 것이다.

그뿐만이 아니었다.

기술 4, 전술 4 상승.

경기 경험이 더해지면서 이제는 방황하던 시절에 허송세월을 보냈던 것을 완전히 만회했다.

이만한 능력치는 한국에서 찾아보기 드문 수준으로, 당연히 대표 팀에 뽑힐 수밖에 없었다.

한편, 박영민 외에도 한국 대표 팀 소집 명단에 새로운 이름이 또 보였다.

바로 신태경.

신수경의 쌍둥이 동생이자, 지난번에 천재의 등장으로 이적시장을 떠들썩하게 달구었던 탱커였다.

더 이상 성장할 가능성은 없는데 몸값은 워낙 비싸서 서문엽은 거들떠보지도 않았던 신인 선수였다.

그저 신수경의 투지를 자극하기 위해 언급하는 용도로만

써먹었을 뿐이었다.

*　　　*　　　*

“안녕하십니까!”

바이크를 타고 대표 팀 훈련장 주차장에 도착한 서문엽은 누군가에게서 우렁찬 인사를 받았다.

빨간색 페라리에서 내린 청년은 바로 신태경이었다.

“어, 수경이 동생 왔냐.”

“예!”

신수경의 동생으로 불렸던 적은 한 번도 없었는지 눈썹이 꿈틀하는 신태경이었지만, 어쨌건 대답은 잘했다.

—대상: 신태경(인간)

—근력 85/85

—민첩성 75/75

—속도 82/82

—지구력 100/100

—정신력 58/70

—기술 73/76

—오러 80/82

—리더십 35/35

—전술 28/28

—초능력: 무한 체력

'뭐, 큰 변화는 없네.'

이미 다 성장한 탓에 더 발전할 여지가 별로 없었던 신태경이었다.

근력 1, 기술 1씩 오른 정도?

지구력이 92에서 100으로 8이나 뛰었지만, 그거야 어차피 '무한 체력' 때문에 스태미나가 무한이므로 의미 없었다.

그런데 의외인 부분이 있었다.

'어라? 정신력이 좀 깎인 것 같은데?'

분명 전에는 정신력이 60이었던 것으로 기억했다.

그런데 지금은 58.

반 시즌 동안 2가 깎였다면 분명 무슨 일이 있었다는 뜻이었다.

"너 뭐 고민 있냐?"

서문엽은 대놓고 물어봤다.

신태경은 화들짝 놀랐다.

"헉, 아, 아니요! 제가 고민은요."

"고민 있어 보이는데?"

"에이, 없습니다. 팀도 좋고 대표 팀에도 소집되고 잘나가는데요."

“그래? 그럼 됐고.”

서문엽은 훈련장 안으로 성큼성큼 걸음을 옮겼다.

냉큼 뒤따르는 신태경은 표정은 썩 좋지 않았다.

그의 어두운 기색을 앞서 걷는 서문엽도 느낄 수 있었다.

‘고민할 만한 일이야 뻔하지.’

서문엽은 신태경의 심리를 대강 짐작하고 있었다.

해외 구단의 러브콜도 받았지만 일단은 안전하게 KB—1 리그의 국내 팀에 입단하는 선택을 한 신태경이다.

하지만 신태경은 국내로 만족할 생각은 전혀 없을 터다.

일단 KB—1 리그에서 프로 생활에 익숙해지고 기량을 키운 후에 해외 진출을 모색하는 시나리오가 머릿속에 들어 있을 터였다. 유소년 시절부터 많이 주목받은 만큼 야심도 높아졌을 테니까.

‘근데 기량이 잘 오르지 않지?’

문제는 그거다.

유소년 리그야 씹어 먹을 수준이었고, KB—1 리그에서도 제몫을 충분히 할 기량을 갖췄지만 더 성장할 여지는 없다는 것.

이미 유소년 때 자기 모든 잠재력을 대부분 끌어다 쓴 셈이니 다들 천재인 줄 알고 높은 몸값을 불렀지만, 더 성장하지 못하면 해외 진출은 불가능해진다.

‘그래도 저만한 능력치에 스태미나가 무한이면 보조 탱커로

는 쓸 만한데 말이야.'

여기저기 방어선 뚫린 곳을 좇아다니며 땜빵을 다녀야 하는 보조 탱커의 역할 특성상, 무한 체력을 가진 신태경은 참 탐나는 재능이었다.

특히나 YSM은 3탱커 체제에서 보조 탱커인 김진수의 약점이 드러났기 때문에 신태경이 탐났다.

전술 이해도가 28/28이라 멍청한 게 흠이지만, 똑똑한 메인 오더가 지시를 내려서 컨트롤해 준다면 극복되는 약점이다.

하지만 서문엽은 이내 고개를 저었다.

'그것도 나쁘지 않지만, 해외에서 더 좋은 탱커를 영입하는 게 최고지.'

현재 가브리엘 감독이나 스카우터들이 미국 메이저 리그와 유럽 빅 리그에서 영입할 만한 탱커들을 찾고 있었다.

월드 챔스 진출 팀 소속이 아니면서도, YSM이 영입 가능한 정도의 탱커를 찾기가 쉽지는 않았다. 클래식 탱커도 제외해야 했다.

이미 파울 콜린스와 최혁이 있기 때문에 여기서 발이 느린 탱커를 더 추가할 수는 없었다.

그렇게 누구를 영입해야 할지 시즌 중에 눈여겨봐 뒀던 선수들 명단을 머릿속에 떠올리고 있을 때였다.

"저기, 서문엽 선배님."

"어, 왜?"

서문엽이 상념에서 깨어나 뒤돌아봤다.

신태경이 갈등 어린 얼굴을 하고 있었다. 고민을 말할까 말까 갈등하는 표정이었다.

"뭔데, 인마. 말하기 싫으면 안 털어놔도 돼. 네가 뭔 고민을 하건 내가 무슨 상관이냐."

어차피 영입할 녀석도 아니라서 서문엽은 신경을 끄고자 했다.

"선배님은 왜 저를 영입하려 하지 않은 겁니까?"

"응? 수경이한테 들었어?"

"이런 말씀 드리기 뭐하지만… 정말 극혐할 정도로 저를 꺼려했다고 들었습니다."

"아니, 극혐까지야. 그건 네 누나가 너 때문에 접근한 거 아니냐고 너무 의심해서 영입 안 한다고 못 박은 거지."

"아무튼 말씀을 듣고 싶습니다."

"몸값이 너무 비쌌잖아."

"개리 윌리엄스도 영입하셨고 베를린 블리츠의 유망주였던 파울 콜린스도 영입하셨습니다. 서울로 클럽하우스 옮기려던 계획도 포기해서 재정적 여유가 넘쳤고요. 저 하나 영입 못 할 상황이 아니었잖아요."

서문엽은 혀를 내둘렀다.

몸값, 협상 등에 있어서는 정말 똑 부러지는 신태경이라 그런지 YSM의 팀 내부 사정을 잘 알고 있었다.

"너 말이야."

"네."

"성장 가능성이 안 보였어."

돌직구.

신태경의 눈빛이 흔들렸다.

"그리고 문제가 또 있어. 넌 참 똑똑해. 자기 몸값 높일 줄도 알고, KB—1 리그를 선택한 것도 현명했고. 근데 던전에서는 반대로 좀 머리가 멍청해져."

"예?"

"팀 전술을 잘 소화하는 모습이 전혀 안 보였단 말이야. 혼자 돌출돼서 플레이하는데, 유소년 리그야 씹어 먹었겠지만 프로에서는 어림도 없지. 체력만 만땅이어서 쉬지 않고 혼자 여기저기 돌아다니는데, 그게 팀 전체의 움직임과 조화를 이루지 않아."

신태경은 이를 악물었다. 최근 많이 듣고 있는 지적이었다.

혼자 돌출된 플레이를 많이 하다 보니, 팀에서는 스타병을 버리고 팀에 헌신하라고 만날 지적했다.

근데 신태경은 나름대로 동료들을 위해 헌신하려고 열심히 뛰어다닌 것이다. 그게 팀 전체의 포메이션과 조화를 전혀 안 이루었을 뿐.

전술 28/28의 비애인 것이었다.

벌써 프로 무대에 데뷔한 지 반 시즌이 지났는데 피지컬적으로도 큰 성장세가 안 보이고, 전술 면에서도 적응을 못하니 평가는 점점 떨어질 수밖에 없었다.

"선배님 말씀이 맞습니다. 저도 나름대로 열심히 팀을 위해 뛴다고 뛴 건데, 자꾸 자기가 팀 중심인 줄 안다고 지적을 받고……."

그때부터 신태경이 잘 풀리지 않는 선수 생활을 토로하기 시작했다.

서문엽이 말했다.

"야, 내가 너 선수 생활 잘할 방법 가르쳐 줄까?"

"네."

"넌 말이야. 똑똑한 메인 오더가 있는 팀에 들어가야 해. 네 자의적인 판단이 아니라 시키는 대로만 움직이면 불필요한 동선을 줄일 수 있으니까."

"……."

"넌 천생 보조 탱커야. 근데 어차피 메인 탱커는 팀에 하나뿐이야. 보조 탱커는 활동량이 많아야 하는데 그건 네 특기지. 그 부분을 살려서 보조 탱커로 쭉 나간다면 괜찮을 거야. 이제 와서 아직도 메인 탱커가 되겠다고 욕심 품은 건 아니지?"

"네."

신태경은 쉽사리 충고를 받아들였다. 현실 파악을 잘하는 성격인 탓이었다.

그런데…….

“그럼 이번 여름 이적 기간 때 YSM에서 절 영입할 생각은 없으신가요?”

“잉?”

“보조 탱커 새로 영입할 계획 있으시잖아요.”

“…….”

“그쪽의 김진수 선수가 4탱커에서는 괜찮은데 3탱커 체제에서는 결점을 보였잖아요. 4탱커 체제에서는 김진수 선수를 계속 쓴다 해도, 3탱커 체제로 갈 시에 따로 쓸 탱커가 필요하잖아요.”

서문엽은 기가 막혔다.

YSM의 팀 내부 사정을 잘 파악하고 있는 신태경. 던전 밖에서는 상당히 머리가 잘 돌아가는 녀석이었다.

“그렇게 잘 아는 놈이 왜 던전 안에서는 그 모양이 되는 거냐?”

“모르겠어요. 저도 제 플레이 영상 다시 보고 있으면 갑갑합니다!”

그렇게 하소연하는 것도 잠시.

“어쨌든 월드 챔스에 투입할 즉전감 탱커를 찾으실 텐데, 마침 저는 팀에서 꽤 실망한 눈치라 영입 의사를 넌지시 밝히면 협상을 하려 할 겁니다. 생각 있으시면 저도 팀 안에서 호응할게요.”

"글쎄다."

"물론 미국이나 유럽에서 저보다 실력이 검증된 선수를 더 원하시겠죠. 근데 저도 장점이 있습니다. 대표 팀에 선배님을 포함해서 YSM 선수분들이 많잖아요. 월드컵 기간 내내 같이 호흡 맞춰볼 수 있습니다. 외국에서 다른 선수 영입해 봐요. 호흡 맞춰볼 틈도 없이 바로 월드 챔스 시작인데 영입 안 하느니만 못한 상황이 나올 수 있잖아요?"

그 말도 맞는 말이라 서문엽은 마음이 흔들렸다.

신태경이 더욱 강력하게 어필했다.

"말씀하신 것처럼 전 똑똑한 오더 역할의 동료가 필요합니다. YSM에 그런 분들이 많죠! 개리 윌리엄스, 조승호 선수, 서문엽 선배님 등. 저 정말 쉬지 않고 시키는 대로만 돌쇠처럼 뛰겠습니다. 제 초능력 아시잖아요? 무한 체력!"

던전 밖에서의 신태경은 처세술이 무척 뛰어난 선수였다. 이 또한 쌍둥이 누나 신수경과 비교되는 모습이었다.

*　　*　　*

대표 팀에 합류하여 다른 선수들과 만난 신태경은 분석안에 안 보이는 자신의 진정한 재능, 불꽃같은 처세술을 펼치기 시작했다.

"캡틴! 잘 부탁드립니다."

가장 먼저 인사를 넙죽 박은 대상은 대표 팀 주장 채우현.

메인 탱커는 최혁에게, 오더 역할은 서문엽과 백하연에게 내줬지만 탱커진을 이끌며 방어선을 조율하는 역할은 여전히 채우현의 것이었다.

같은 탱커인 신태경은 채우현과 좋은 관계를 가질 필요가 있었다.

"그래, 리그에서 여러 번 만났지? 지금은 한 팀이니까 잘해 보자."

"예, 지시하시는 대로만 충실히 따를 테니 마음껏 부려주십쇼."

"그래."

신태경이 적극성에 채우현도 기분이 좋은 표정이었다.

그 뒤로도 다른 선수들과 친목을 도모했는데, 특히 YSM 소속 선수들에게 친근하게 굴었다.

'저 자식을 그냥…….'

서문엽은 그런 신태경을 보며 혀를 내둘러야 했다. 선수가 아니어도 뭘 해도 잘살 놈 같았다.

그에 비해 또 다른 대표 팀 신입 멤버 박영민은 형식적인 자기소개만 하고는 말수가 적었다. 저게 정상이긴 하지만 서문엽이 보기에는 속 터졌다.

그때였다.

"이리 오너라!"

쩌렁쩌렁한 목소리가 울려 퍼졌다. 여자만 아니었으면 장군감이라고 칭찬했을 우렁찬 목청.

"이 몸이 왔도다!"

백하연이 큰소리 탕탕 치며 의기양양하게 나타났다.

"오, 파리 뤼미에르의 주전 딜러 아냐?"

"월드 스타 납셨네."

친한 대표 팀 선수들이 저마다 농담을 건네며 반겼다.

"삼촌!"

백하연은 서문엽에게 달려왔다.

"어, 그래. 요즘 잘나가더라?"

"흐흐, 이제 로테이션 멤버가 아니지롱."

특유의 능글맞은 웃음과 함께 자랑하는 백하연.

본래 후보에 조커 정도의 역할로 파리 뤼미에르 BC에 입단한 그녀였지만, 작년의 월드 챔피언스 리그 결승전에서 우승에 공헌한 후로 입지가 올랐다.

—대상: 백하연(인간)

—근력 82/82

—민첩성 90/90

—속도 95/95

—지구력 80/80

—정신력 81/81

—기술 75/75

—오러 70/70

—리더십 95/95

—전술 86/86

—초능력: 순간 이동, 로프

'이 정도면 충분히 그럴 만하지.'

증폭된 분석안으로 살펴본 서문엽은 고개를 끄덕였다.

전에도 봤듯이 육체적으로는 다 완성된 백하연이었다.

거기에 아직 여지가 약간 남아 있었던 리더십과 전술마저도 꽉 찼다.

한국 나이로 26세.

백하연은 벌써 기량이 절정에 오른 것이었다.

'리더십과 전술이 저 정도면 파리 뤼미에르에서도 충분히 주전이 될 수 있지.'

리더십 95나 되는 선수면 동료들의 절대적인 신뢰를 받는다.

거기에 전술적 이해도도 86!

감독이 어떤 역할을 시키든 능히 소화할 수 있다. 이미 대표 팀에서도 서문엽에 이어 서브 오더 역할을 채우현에게서 건네받은 백하연 아닌가.

기술과 오러가 70대라는 뚜렷한 약점이 있었지만, 이만하면 감독의 전술 스타일에 따라 주전도 될 수 있고 후보가 될 수도 있었다.

빠른 속도와 순간 이동, 리치가 긴 채찍 등 전술적 활용도가 무척 높기 때문에, 지략 좀 쓴다고 자부하는 감독이라면 쓰고 싶어지는 선수였다.

명문 클럽에 간 덕에 훌쩍 성장한 조카에게 만족하고 있을 때였다.

"백하연 선배님!"

헐레벌떡 달려오는 녀석이 있었다.

신태경이었다.

90도로 인사를 한 신태경이 말했다.

"새로 대표 팀의 부름을 받은 신태경입니다."

"오호, 그래. 네가 그 태경이구나."

"하하, 네. 잘 부탁드립니다. 대표 팀의 서브 오더이시라고 들었는데, 뭐든 지시만 내려주시면 궂은일을 다 하겠습니다!"

"응, 그래. 초능력이 체력 만땅이라고?"

"무한 체력입니다, 선배님."

"응, 그래. 경기 내내 팔팔한 서브 탱커 하나 있으면 편하지."

처세술 수치가 최고치인 신태경은 최고치의 리더십을 가진 백하연과 잘 어울렸다.

스타병 걸렸을 거라는 이미지가 강한 신태경이 선배들에게

깍듯이 공손하니 대표 팀의 분위기는 밝아졌다.

그런 녀석을 보고 있노라니 서문엽도 심사가 복잡해졌다.

'금방 현실 파악을 하고, 할 수 있는 최선의 선택을 하는구나.'

신태경은 자신의 성장이 더딘 것을 지난 반 시즌 동안 겪었고, 서문엽에게 확인 사살을 당했다.

그랬는데, 시름에 빠지기는커녕 주어진 한계 내에서 할 수 있는 최고의 판단을 하고 있었다.

마침 비어 있는 YSM의 서브 탱커 자리에 들어가는 것이 자신의 꿈인 월드 챔스에 출전할 유일한 방법이라는 걸 알고 있는 것이다.

'우리 클럽 입장에서도 신태경이 현실적인 방안이긴 한데.'

트렌드에서 뒤처진 클래식 탱커는 널려 있지만, 발 빠른 멀티 탱커 구하기는 하늘의 별 따기였다.

그나마 있던 매물도 LA 워리어스가 선수단 리빌딩을 감행하면서 쓸어갔다. 요즘 미국 메이저 리그에서는 '발 빠른 멀티 탱커는 지옥에서도 데리고 온다'는 농담을 한단다.

신태경은 다소 아쉽긴 해도, 일단 속도는 82였다. '무한 체력'으로 지치지 않고 전력 질주할 수 있으니, 확실히 기동성은 보장되어 있다.

'이건 가브리엘 감독의 의사를 물어보자.'

서문엽은 잠시 밖으로 나와서 가브리엘 감독에게 전화했다.

—신태경이라… 확실히 좋은 대안입니다.

"그래?"

—유럽에서 탱커들을 알아보고 있긴 합니다만, 월드컵 기간 끝나고 바로 투입되어야 하기 때문에 다른 선수들과 팀워크를 맞출 틈도 없습니다. 무엇보다 월드 챔스 앞두고 굴러온 돌이 박힌 돌을 빼는 셈이라, 기존 선수들에게 불만이 생길 수도 있고요.

"그것도 그러네?"

독불장군 타입인 서문엽은 거기까지 고려해 보지 못했다.

—김진수 선수도 그동안 열심히 훈련했습니다. 외국인 선수에게 자리를 뺏느니, 신태경을 영입해서 여지를 남기는 게 좋습니다. 4탱커 체제는 김진수 그대로, 3탱커 체제는 신태경을 쓰는 식으로요.

"그도 그러네."

생각해 보면 다들 서문엽이 직접 선택해서 키운 애들이었다.

함께 월드 챔스라는 목표를 향해 달려왔던 동료들인 것.

갑자기 더 좋은 선수 데려와서 버리느니, 계속 기회를 유지하는 게 나을 것이다.

—마침 이 부분에 대해서 알려 드릴 사항이 있는데, 최정민 선수가 이적을 요청했습니다.

"최정민?"

최정민은 바로 소설가 지망생이었다.

취약한 피지컬이 약점이지만, 높은 기술과 전술적 이해도, 그리고 상대의 약점을 파악하는 '관찰'로 나름 가치가 있는 근접 딜러였다.

—요즘 근접 딜러 포지션에 경쟁이 심화됐는데, 칸 아르얀 선수가 오는 바람에 출전 기회가 더 줄어들게 되었죠.

"으음, 그건 그렇지."

사니야, 칸 아르얀, 남궁지훈, 거기에 이제 대표 팀에 뽑힐 정도로 성장한 박영민까지.

심지어 최근은 서문엽까지 딜러 포지션으로 뛰게 되었다.

최정민의 입지가 점점 줄어들 수밖에 없었다.

—일본 J리그의 클럽에서 좋은 제안이 온 듯합니다.

일본은 피지컬보다는 기술적인 스타일을 선호하는 편이라서 최정민과 어울리긴 했다. 아마 최정민은 거기까지 생각하고서 내린 결정일 것이다.

—결정적으로는 신수경 선수가 무서운 속도로 성장하고 있는 걸 봤기 때문이라고 합니다.

"신수경? 아, 관찰로 봤겠구나."

최정민은 서문엽의 분석안 같은 초능력은 없지만, 대신 관찰로 상대의 약점을 볼 수 있다.

아마 신수경을 관찰로 보고는 점점 약점이 사라져 가는 것을 봤을 것이다.

'도리가 없구나.'

서문엽은 최정민을 보내주기로 했다.

"알았어. 이적 추진해. 최정민하고는 따로 얘기할게."

—알겠습니다.

통화를 마친 서문엽은 말이 나온 김에 최정민에게 바로 전화를 걸었다.

—네, 구단주 형님. 들으셨어요?

"오냐, 일본에 갈 거라며?"

—네, 도쿄예요, 도쿄.

"도쿄에 팀이 한두 개냐?"

—에이 참, 아시아 챔스에 4강까지 올라왔던 도쿄 BC요.

"호오, 제법 괜찮은 팀이네?"

아시아 챔스 4강에서 쌍성 스피리츠에게 지긴 했지만, 4강이면 아시아에서는 우량한 클럽이라는 뜻이었다.

—게다가 클럽하우스가 도쿄 다이토구에 위치하죠! 이게 중요한 거예요!

"그게 뭐?"

—아키하바라가 지척에 있다고요!

"아키하바라? 뭐 어쩌라고, 인마?"

—어휴, 말이 안 통하네. 아무튼 전 일본에 갈 겁니다. 연봉도 거의 2배라고요!

"그래, 좋아하니 다행이다."

—당연히 좋죠. 뭐, 이게 다 구단주 형님 덕분이니 감사하단 말씀은 드릴게요.

"당연하지, 새꺄. 나 아니었으면 넌 되지도 않는 소설 붙잡으면서 백수 생활 했어."

—되지도 않다니요! 두고 봐요! 제가 베스트셀러 꼭 써서 찾아갑니다.

"네 재주로 베스트셀러 쓸 방법은 내 자서전밖에 없단다."

—두고 보라고요!

뚝.

통화를 마친 서문엽은 피식 웃었다.

주전 경쟁에서 밀려서 떠나게 되었지만, 최정민은 기분이 나빠 보이지 않았다.

애초에 서문엽의 강권으로 프로 생활을 시작했을 뿐 선수로서의 야망은 딱히 없는 탓이기도 했다.

'그래도 하나둘씩 떠나는구나.'

기존의 한정실업 출신 중 남아 있는 선수는 이나연과 남궁지훈뿐이었다.

서문엽이 직접 선택하고 키운 선수들도 여럿 떠났다. 윤범, 노정환 등…….

'팀이 성장하고 있다는 뜻이지.'

서문엽은 선수들이 떠나는 데 큰 의미를 두지 않았다.

전쟁 시절을 겪은 서문엽은 동료들의 죽음도 수없이 봤다.

그에 비해 비즈니스에 의한 이별은 각자 더 좋은 기회를 찾아 떠난 것이니 해피엔딩 아닌가.

'그러고 보니 얘는 잘 있나?'

서문엽은 어디론가 또 전화를 걸었다.

—여보세요…….

매가리 없는 여자의 목소리.

"뭐 해?"

—숙소에서 쉬고 있어요.

시즌을 마치고 다들 휴가를 받았기 때문에 쉬는 게 당연하긴 했다.

"얼씨구? 쉴 틈이 있냐? 네 동생은 태극 마크도 달았는데?"

—흐엑! 또 태경이 얘기예요!

그동안 계속 동생과 비교하며 자극한 덕에 신수경은 경기를 일으켰다.

"참고로 네 동생 우리 팀에 올지도 몰라."

—흐엑! 어째서요?!

"탱커 하나 더 필요하니까 그렇지. 이야, 애가 사회생활 무지 잘하더라? 어떻게 쌍둥이가 이렇게 성격 차이가 많이 나냐?"

—으으…….

신수경은 몹시 싫어하는 눈치였다.

이유야 간단했다.

늘 주목받았고 사회 생활도 잘하는 인싸 동생에게 늘 비교당했던 만년 후보 아싸 누나. 그동안 신수경이 어떻게 살았을지는 뻔했다.

"월드컵 기간 동안 놀고 있다가는 어떻게 되는지 알지?"

—흐으… 네.

"열심히 해라. 네 동생 오면 네 실력을 똑똑히 보여주라고."

—알았다고요!

버럭 소리 지르고는 통화를 끊어버리는 신수경.

그녀가 지금쯤 클럽하우스로 훈련하러 달려가고 있으리라는 것을 어렵지 않게 짐작할 수 있었다.

참 다루기 쉽다고 생각하면서 서문엽은 낄낄거렸다.

*　　*　　*

대표 팀에 소집된 선수들이 모두 모인 회의실.

국가 대표 감독 백제호도 코치진들과 함께 나타났다.

"안녕하십니까!"

서문엽과 피에트로를 제외한 모든 선수들이 인사했다.

가볍게 고개를 끄덕여 보인 백제호가 입을 열었다.

"다들 잘 지냈나?"

"예!"

"그래야지. 이제 월드컵이 코앞이고, 이번 A매치 경기로 마지막 점검을 한다. 너희들에 대한 평가도 아직 끝난 게 아니니 방심하지 마라."

"옛!"

"이번 월드컵에 대한 국민들의 기대감이 매우 크다. 얼마 전의 아시아 챔스도 국내 팀이 우승과 준우승을 차지했고. 이번 A매치에서 실망시키면 월드컵 열기에 찬물을 끼얹는 격이다. 기대감이 사라지면 비판적인 시각만 남는다. 월드컵 경기 내내 비판에 시달리며 무엇이 잘못됐나, 누가 뭘 잘못했나 등을 따지고 들 테고. 이런 경험 많이 해봤지?"

바로 이전 월드컵 때의 이야기였다. 그때도 대표 팀에 있었던 선수들은 표정이 굳었다.

대한민국 국가 대표 팀이 이번 A매치에서 상대할 팀은 2팀이었다.

브라질.

이탈리아.

다행히 축구가 아니었다.

제9장 이탈리아전

"이탈리아가 강적이네."

"브라질이야 뭐, 걔들은 축구만 하는 애들이니까."

비꼬는 말이 아니다.

축구의 나라 브라질은 초인들도 축구에 정신이 팔렸다.

초인이 배틀필드 이외의 프로 스포츠에 진입하는 것을 금지하고 있지만, 수익이 없는 아마추어 대회는 금지하지 않았다.

이 점을 이용, 브라질은 아마추어 초인 풋볼 리그가 존재했다. 물론 순수한 아마추어 대회가 아니라 음지에서 도박이 이루어져서 큰돈이 오가며, 선수들에게도 몰래 주급을 준다.

이는 인간의 한계를 초월한 축구 플레이가 어떤 것인지 보고 싶어 하는 브라질 축구 팬들의 수요가 있었기 때문이다.

각광받는 슈퍼스타였다가 초인으로 갑자기 각성하는 바람에 신세를 망친 선수들도 초인 풋볼 리그로 전향해서 대중의 관심을 받기도 했다.

어찌 보면 무기 들고 싸우는 것보다 축구하는 걸 더 보고 싶어 하는 건전한 취향이었지만, 덕분에 브라질은 배틀필드가 약체였다.

프로 배틀필드 선수들도 부업으로 축구를 하니 말 다했다. 뭐가 주업이고 뭐가 부업인지 알 수 없을 정도였다.

하지만 이탈리아는 다르다.

세계 랭킹 9위.

한 번도 10위 아래로 떨어져 본 적이 없는 전통의 강호였다.

'이탈리아의 수호신' 치치 루카스가 버티고 있는 지금은 어느 때보다도 전력이 강하다고 평가받고 있다.

클래식 탱커들보다 강한 파워와 딜러들보다 빠른 스피드를 가진 치치 루카스는 미국의 제럴드 워커와 세계 최고의 탱커의 자리를 놓고 다투고 있었다.

기량이 물 오른 제럴드 워커가 위협적이지만, 팀 성적 때문에 파리 뤼미에르 BC 소속인 치치 루카스가 우위를 점하고 있는 형편.

물론 세계 최고 탱커 경쟁에서 서문엽은 논외로 치고 있지만 말이다.

피에트로 아넬라가 한국에 귀화하지 않았더라면 월드컵 우승도 어렵지 않았을 거라고 아쉬워하는 나라 이탈리아.

전형적인 유럽의 강팀으로, 대한민국이 반드시 넘어야 하는 산이었다.

*　　　*　　　*

브라질 대표 팀은 한국을 방문하여 강렬한 인상을 남겼다.

브라질 대표 팀의 경기력이 뛰어나서가 아니었다.

그들은 방한한 첫날 숙소에 짐을 풀고는 곧장 컨디션 관리 차원이라며 풋살을 즐겼다.

그러고는 인간의 한계를 초월한 축구가 어떤 것인지 유감없이 보여주었다. 스포츠 뉴스와 유튜브에 그들이 보여준 엄청난 볼 컨트롤 영상이 떠돌았다.

브라질은 국가 대표 선수들조차 본업보단 축구에 몰두한다는 말이 루머가 아니었음을 보여준 것이다.

물론 경기력은 형편없었다.

대한민국은 A매치에서 브라질을 2—0으로 가볍게 제압했다.

배틀필드에서는 별다른 플레이를 못 보여준 브라질은 조용히 돌아갔다.

"정말 축구만 하는 놈들이구나. 난 축구공 터뜨리면 반칙이라는 룰은 처음 들었어."

서문엽은 문화 충격을 받은 표정이었다.

백제호가 웃었다.

"그래 보여도 한땐 우리나라 대표 팀이랑 비슷비슷한 전력이었어."

"걔들이랑?"

서문엽은 치를 떨었다.

브라질전은 이 세상에 '맥없이 이겼다'는 표현도 있다는 것을 알게 된 경기였다. 정말 대표 팀의 팀 전술을 실험하기도 전에 이겨 버린 것이다.

일부러 피에트로도 제외하고 한 타 싸움 시의 포메이션을 실험했는데, 그만 서문엽이 삽시간에 7킬을 하고 말았다.

결단코 서문엽은 일부러 그런 게 아니었다. 대놓고 킬 각이 보이는데 애써 외면할 수도 없는 노릇이었다.

대표 팀은 5탱커 전술을 실험하고 있었는데, YSM과 마찬가지로 서문엽을 딜러로 놓고 표면상 4탱커인 전술이었다.

여차하면 서문엽도 탱커 역할을 할 수 있으니 실질적으로는 5탱커인 것이다.

거기다가 서문엽의 첨언으로 세부 전술을 추가했는데, 최전방의 메인 탱커인 최혁이 초능력 '오러 집중'을 공격적으로 사용해 적진을 정면에서 뚫는 방식이었다.

이때 신태경이 최전방에 올라와 방어를 보조하면, 최혁이 마음 놓고 공격에 집중할 수 있게 되는 것이다.

서문엽은 빠른 발을 십분 활용해 측면이나 배후에서 돌파를 시도하니, 망치와 모루 전술이라 할 수 있었다.

서문엽의 측·후면 공격이 성공해서 적이 흔들리면, 반대편 측면에서도 백하연과 이나연이 공격해 삼면에서 적을 포위 공격한다.

이번 월드컵에서 대표 팀은 탱커가 많고 피에트로의 강력한 초능력을 활용한 철저한 한 타 싸움 전술에 올인한 것이다.

그런데…….

—서문엽, 5킬.

—서문엽, 6킬.

—서문엽, 7킬.

서문엽이 추풍낙엽처럼 브라질 선수들을 쓸어버렸다.

반대편 측면에서 공격하려던 백하연이 화들짝 놀라 당황해 버렸다.

정면에서 신태경의 보조에 힘입어 공격적으로 압박하려던 최혁도 당황해 버렸다.

그 자리에서 당황하지 않은 사람은 피에트로밖에 없었다.

콰콰콰콰!

피에트로가 마법진을 만들면서 1세트가 끝났다.

결국 2세트는 서문엽도 빠져야 했다.

서문엽의 역할은 백하연이 대신했고, 백하연의 자리는 이나연과 함께 유벽호가 기용되었다.

유벽호는 수년 전부터 쭉 태극 마크를 달았던 근접 딜러인데, 30초간 몸을 30% 빨리 움직일 수 있는 '순간 가속'이라는 초능력을 가진 선수였다.

다만 그 스피드를 스스로 제어 못 한다는 단점 탓에 예전 올스타 경기에서 서문엽에게 한 방에 데스당한 바 있었다.

그 후 서문엽이 많은 선수를 발굴하고 키우면서 대표 팀 내의 경쟁에서 밀려 후보로 밀렸다.

하지만 그동안 절치부심했는지 70/85였던 기술이 84/85까지 올라 있었다. 그에 따라, 순간 가속의 스피드도 이제는 어느 정도 컨트롤할 줄 아는 모습이었다.

2세트는 백하연이 서문엽의 역할을 잘 수행했고, 유벽호가 2킬 2어시로 뛰어난 활약을 하면서 대승을 거뒀다.

1세트 11—0.

2세트 9—0.

대한민국 대표 팀의 달라진 모습을 팬들에게 보여줄 의도로 초청한 브라질 대표 팀에게 미안할 정도의 대승이었다.

한때는 라이벌 수준으로 비슷했던 브라질에게 크게 이기자 여론이 크게 상승한 것은 물론이었다. 백제호가 대표 팀 감독으로서 목을 보전한 것은 물론이었다.

"휴, 정말 이번 월드컵까지만 하고 이 짓 관둔다."

백제호는 감독으로 일하면서 자신의 한계를 잘 알게 되었다. 서문엽이 배후에서 조종하고 유능한 코치진에 의존한 덕에 지금껏 잘해왔지만, 체질상 안 맞는다고 느꼈다.

"월드컵 성적 잘 나오면 감독 더 하라고 국민들이 요구할 텐데?"

서문엽이 장난스럽게 물었다.

백제호는 진저리 쳤다.

"됐다. 이제 정말 안 해. 사업이나 할 거야."

"무슨 재미로 사냐? 쫄려서 조마조마한 맛도 있어야 인생이 재밌지."

"넌 너무 인생을 재미있게 살려고 해서 문제야."

"꼰대 같기는."

"나 꼰대 맞거든?"

그렇게 투덕거릴 때는 옛날로 돌아간 듯한 두 사람이었다.

하지만 그것도 잠시.

그들은 코치진과 함께 다시 이탈리아전을 대비한 전술을 수립했다.

"팀 전술이 너무 한 타 싸움에 집중된 감이 없지 않습니다. 이탈리아 대표 팀은 파리 뤼미에르와 흡사한데, 마치 뉴욕 베어스 왕조가 파리 뤼미에르에게 막을 내린 것과 흡사합니다."

독일에서 초청된 전술 코치 라이너 하임이 말했다.

선수 생활을 은퇴하고 지도자의 길로 들어선 지 얼마 안 된

30대 중반의 젊은 코치인데, 일찌감치 뮌헨 울펜리터 BC의 유소년 팀에서 유능함을 증명했다.

뮌헨 울펜리터 BC 내부에서는 자질이 보이는 라이너 하임에게 경험과 실적을 쌓을 시간을 충분히 주어서 차기 사령탑으로 키울 계획이었는데, 한국 협회가 해적질에 성공했다.

한국 배틀필드 협회장 박진태가 크게 될 싹이 보이는 라이너 하임에게 대표 팀 전술 코치를 제의하고, 차기 감독 혹은 최소한 수석 코치까지 약속한 것이다.

아직 증명한 것보다 증명할 게 더 많은 새파란 코치에게는 파격 대우였다.

이 일을 밀어붙이기 전에 박진태 협회장은 서문엽에게 자문을 구했었다. 라이너 하임의 자질을 분석안으로 살핀 서문엽은 얼른 영입하지 않고 뭐 하냐고 질책했다.

—리더십 62/87

—전술 90/97

'싼 값에 잘 데려왔다.'

라이너 하임 코치로서도 단시간에 국가 대표 감독 지위까지 오를 수 있는 기회이므로 쾌히 승낙했다.

뮌헨 울펜리터 BC로서는 분통 터질 노릇이었지만 말이다.

아무튼 라이너 하임 전술 코치는 이탈리아 대표 팀이 작년에 미국 대표 팀을 꺾었던 A매치 경기를 보여주며 첨언했다.

"보시면 아시겠지만 미국은 클래식 4탱커에 기동력을 보완하기 위한 빠른 딜러들로 한 타 싸움 위주의 조합이었습니다. 그런데 보시다시피 이탈리아 대표 팀은 싸움을 피하고 빠른 사냥을 통한 성장과 견제로 운영해 미국을 꺾었습니다."

한국 대표 팀의 현 조합이 이때의 미국 대표 팀과 비슷하다는 점을 지적한 것이다.

"딜러들이 빨라도 탱커들이 쫓아오지 못하면 사냥 속도가 느릴 수밖에 없지."

백제호가 동의했다.

"YSM은 개리 윌리엄스와 이나연 선수를 앞세워서 4탱커를 놓고도 사냥 속도를 빠르게 할 수 있었죠. 하지만 대표 팀은 개리 윌리엄스도 없고 화살에 독을 발라줄 칸 아르얀도 없습니다."

그때 서문엽이 반박했다.

"그러니까 한 타 싸움에 올인한 거잖아."

"조승호 선수나 피에트로 선수는 사냥에 도움이 안 되기 때문에 사냥 속도가 더 느려집니다."

"그럼 어쩌자고?"

"피에트로 선수는 뺄 수 없으니, 조승호 선수를 제외하고 탱커를 3명으로 줄인 뒤 딜러 숫자를 충원하는 쪽을 추천합니다. 3탱커라고 하지만 서문엽 선수가 본래 탱커이니 디펜스는 문제없습니다."

그러자 서문엽은 가늘게 뜬 눈으로 라이너 하임을 응시했다.

"이 나라 놈들로 3탱커 하기가 얼마나 힘든지 아직 모르나 보네?"

"서문엽 선수가 공수 모두 능하니 문제없다고 판단한 겁니다."

"결국 3탱커 갖고는 당해내기 어려우니까 나도 탱커 역할을 할 수밖에 없게 돼. 날 탱커 역할로 묶어놓는 게 전 세계 모든 팀이 원하는 바고."

"그만큼 방어력이 보강됩니다. 공격은 늘어난 딜러 숫자만큼 충원되고요."

"독일 최고의 슈퍼스타가 누구냐?"

뜬금없는 질문에 라이너 하임 코치는 바로 대답했다.

"다니엘 만츠 선수죠."

"걔 서포터지?"

"물론입니다."

"왜 걔가 최고의 스타인지 알아?"

"재능과 실력이 충분히 입증된 탓입니다. 왜 이런 질문을 하십니까?"

"내가 네게 해주고 싶은 대답이 여기에 있어서 그런다. 다니엘 만츠는 서포터라서 혼자 날뛰지 못하잖아. 팀플레이를 뒷받침해 주는 윤활유 같은 역할이지. 그래서 너희들이 다니엘 만츠를 가장 좋아하는 거야."

"……."

황당해하는 라이너 하임에게 서문엽이 일침했다.

"너희 독일 애들은 혼자 날뛰는 선수를 겁나게 싫어해요! 조직력, 단합, 팀플레이! 엠레 카사가 독일 애들을 다 버려놨어. 넌 결국 내가 활개 치지 못하게 탱커로 묶어놓고 싶은 거야, 알간?"

그 말에 허를 찔린 라이너 하임은 꿀 먹은 벙어리가 되었다.

듣고 보니 일리 있는 말이었던 것이다.

포지션별로 완전히 정비된 팀플레이.

각자 자기 맡은 역할에 충실할 수 있는 팀.

모든 지도자가 엠레 카사 감독의 베를린 블리츠 BC 같은 팀을 꿈꿨다. 독일인인 라이너 하임도 마찬가지였고 말이다.

누구 하나 특별하게 빛나는 선수가 없으면, 팀의 조직력을 닦은 감독의 전술적 능력이 가장 부각되기 때문이다.

"의욕 많은 건 알겠는데, 욕심을 버려. 베를린 블리츠가 파리 뤼미에르한테 결국 지는 이유가 있어. 나단 베르나흐처럼 빛나는 애를 가만 못 내버려 두거든."

서문엽은 어깨를 으쓱했다.

"튀지 마라, 중간만 해라, 그런 식으로 죽을 쒀왔던 게 우리

나라 대표 팀이야. 이 팀은 내가 캐리해야 해. 알겠냐?"

라이너 하임은 결국 수긍할 수밖에 없었다.

원맨팀 소리를 가장 듣기 싫어하는 것은 바로 감독이었다. 한 명의 선수의 하드 캐리로 이겼다는 오명을 쓰니까.

라이너 하임은 욕심을 내려놓고 인정하는 수밖에 없었다.

이탈리아전은 서문엽의 활약에 달렸다. 다가오는 월드컵도 마찬가지로.

*　　*　　*

이탈리아와의 경기가 시작되었다.

양 팀 선수가 입장하고 있는 것을 더그아웃에서 바라보는 라이너 하임 코치의 표정은 썩 좋지 않았다.

'서문엽의 활약을 제한하려 했다고? 맞는 말이야.'

라이너 하임은 서문엽이 마음에 들지 않았다.

개인적인 감정 같은 게 아니었다.

일개 선수가 선수 기용과 전술 등에 깊이 관여하며 좌지우지하는 게 꺼려졌다.

자기 소속 팀인 YSM에서도 구단주이자 선수로 활약하고 있는 서문엽이다. 심지어 인류를 구한 영웅이니 이 나라에서의 권위는 말할 필요도 없다.

그런 방식으로 지금까지 한국 대표 팀이 잘 흘러간 건 알겠지만, 이것은 옳은 방식이 아니었다.

무엇보다도…….

'장차 내가 관리하게 될 팀이다.'

최단기간에 감독이 되어서 커리어를 쌓을 수 있는 기회라고 생각했다. 그렇기에 기꺼이 한국에 왔고 한국어도 열심히 익혔다.

한국 대표 팀은 지금까지 국제 대회에서 좋은 성적을 거둬 본 적은 없지만, 앞으로는 달랐다.

서문엽과 피에트로까지 합류하면서 경계해야 할 강팀으로 급부상했다. 그런 한국 대표 팀의 차기 사령탑이 될 찬스이니, 자신의 커리어를 걸고 도전하기로 한 것이다.

열정을 갖고 한국 대표 팀에 합류한 라이너 하임으로서는 자신의 능력을 펼치는 데 방해되는 선수를 용납할 수가 없었다.

앞으로 자신이 감독이 되었다 해도 서문엽이 지금처럼 개입하면 자신의 능력을 펼치는 데 방해될 것 같았다. 라이너 하임은 백제호 감독처럼 선수에게 휘둘리고 싶지 않았다.

'실은 코치로서 가장 먼저 서문엽에게 감독과 코치진의 권위를 넘보지 말라고 경고하고 싶었는데.'

한국에서 서문엽의 위상은 잘 알지만, 젊은 라이너 하임은 패기 있게 일침하여서 한국 대표 팀의 기강을 확립하고 싶었다.

하지만…….

'…솔직히 맞을까 봐 말을 못 했다.'

서문엽이 갖은 폭행 사고를 친 뉴스는 많이 접했지만, 실제로 목격하니 간이 쪼그라드는 기분이었다.

"내가 시키는 대로만 움직이랬지, 이 멍청한 새끼야!"

뻐억!

"쿠억!"

전술 훈련을 하다가 잘못 움직인 신태경에게 발길질을 한 서문엽.

저 멀리 날아가는 신태경을 보고, 라이너 하임의 용기도 날아가 버렸다.

심지어 서문엽이 백제호 감독까지 구박하며 로우 킥을 몇 번 날리는 걸 봤다.

저런 인간과 대립각을 세우다가는 자신의 목이 먼저 날아갈 것 같았다.

'저, 절대 겁먹어서가 아니다. 장차 내가 이끌 대표 팀에 서문엽도 필요한 선수기 때문이야.'

그래서 서문엽이 팀플레이에 녹아들도록 전술을 제안해 보았으나, 곧바로 거절당했다.

오히려 라이너 하임이 서문엽에게 충고를 받아야 했다.

'빛나는 선수를 가만 못 내버려 둔다고? 조직력에 집착해서 선수들의 재능을 제한한다고?'

라이너 하임은 그 말에 일견 수긍하지 않을 수가 없었다.

바로 베를린 블리츠 BC의 엠레 카사 감독의 약점으로 지적되는 부분이었으니까.

자신 역시 조직력에 지나치게 집착해 왔다는 것을 부정할 수 없었다.

'생각해 보면 서문엽이 지금까지 틀린 적은 없지.'

대표 팀에서 독불장군처럼 감 놔라 배 놔라 하는데도 누구도 뭐라 안 하는 이유가 있었다. 결국 서문엽이 항상 옳았기 때문이다.

계속 맞아가며 훈련받은 신태경은 브라질과의 경기에서 불필요한 동선이 다소 사라지며 한결 나은 모습을 보였다.

전술적인 부분은 물론이고, 선수들의 재능까지 꿰뚫어 보는 서문엽이었다.

어느 정도냐면, 오늘 경기 전 인터뷰에서 이탈리아의 주장 치치 루카스가 서문엽에게 감사를 표했을 정도였다.

"서문엽이 나의 진정한 재능을 일깨워 주었다. 그는 나의 은인이다."

알고 보니 식물을 잘 자라게 만드는 치치 루카스의 특별한 초능력이 서문엽 덕에 각성했다고 한다.

이쯤 되면 서문엽에게 특별한 능력이 있다고 봐도 무방했다.

라이너 하임은 오늘 경기를 지켜보고 확인하기로 했다.

팀 스포츠에 있어서 서문엽 같은 이레귤러의 존재가 옳은 것인지 말이다.

1세트 경기가 시작되었다.

던전은 아즈사의 나선 굴.

5-1 구역에서 시작한 한국 대표 팀은 곧바로 세 구역으로 흩어져서 사냥에 나섰다.

5-5-1.

5인 1조로 짝짓고 서문엽만 혼자서 움직이는 형태.

시작부터 팀플레이와는 거리가 먼 서문엽을 보며 라이너 하임은 나직이 한숨을 쉬어야 했다.

홀로 5-3 구역으로 향한 서문엽은 5구역의 보스 몹인 세르펜과 홀로 싸웠다.

콰직!

"퀴이이이익!"

한 방이었다.

세르펜이 아가리를 벌리며 덮치는 순간, 서문엽이 슬라이딩으로 파고들어 약점인 턱 밑을 창으로 찔러 넣은 것이다.

이 던전은 보스 몹인 세르펜이 죽으면 5구역 전체가 붕괴되는 구조였는데, 다행히 세르펜은 비실거리긴 해도 당장 죽을 정도는 아니었다.

세르펜의 상태를 보고는 고개를 끄덕인 서문엽이 그대로

북쪽으로 연결된 4구역으로 향했다. 비실대는 세르펜은 나중에 팀원들이 처치하게 놔두고 말이다.

'미치겠군. 세르펜이 한 방이라니.'

라이너 하임은 혀를 내둘렀다.

저것도 서문엽이 힘 조절을 했기 때문에 세르펜이 안 죽은 것이다. 턱 밑으로 파고드는 동작도 예전보다 훨씬 여유로워진 서문엽이었다.

예전에 서문엽이 처음 배틀필드에 출전한 올스타전 경기에서 선보였던 세르펜 사냥법이었다.

그 후로 전 세계 수많은 선수가 같은 방법을 시도했지만, 성공한 선수는 극소수였다.

그런 것을 서문엽은 아무렇지 않게 해낸다.

서문엽은 4구역에서 스켈레톤들을 사냥하기 시작했다.

스켈레톤들은 하나하나가 범상치 않은 테크닉을 지녔지만, 서문엽은 반 박자씩 빠르게 움직이며 한 방에 한 마리씩 죽여나갔다.

'하지만 이탈리아의 장기도 빠른 사냥이다. 혼자서도 잘하지만 혼자서 팀을 이길 수는 없어.'

이탈리아는 정석적인 4-4-3으로 나뉘어서 사냥했다.

대단히 빨랐다.

딜러들은 물론 탱커들도 빠르게 이동하며 사냥 템포를 최고 속도로 유지했다.

반면 한국은 어떤가.

서문엽을 제외해도 탱커만 4명이다. 그것도 신태경을 제외하면 이동 속도가 느린 클래식 탱커들이다.

조승호, 피에트로도 끼어 있다.

원거리 딜러인 이나연과 심영수를 제외하면 나머지 3명이 근접 딜러의 전부다.

서문엽을 근접 딜러로 포함시킨다 해도 고작 4명.

이탈리아에게 사냥 속도에서 크게 밀릴 수밖에 없었다.

이탈리아가 지금처럼 무서운 속도로 사냥 포인트를 모으면, 후반에 이르렀을 때는 선수들 개개인이 무척 강하게 성장한다.

그렇게 선수들을 성장시킨 뒤에 서문엽을 상대하겠다는 전략인 것이다.

그런데…….

'응?'

라이너 하임은 이상한 현상을 발견했다.

양 팀의 전체 사냥 포인트 누적치가 생각보다 큰 차이가 없었던 것이다.

'어째서? 이탈리아의 사냥 속도가 저렇게나 빠른데.'

4인 1조, 혹은 3인 1조로 완벽한 호흡을 자랑하는 이탈리아 대표 팀의 사냥.

세 조에 탱커는 하나씩만 있고 나머지는 모두 딜러이니, 각 조의 포지션 구성부터가 사냥에 최적화되어 있다.

그런데 한 타 싸움에 올인한 비대칭 조합의 한국 대표 팀이 어떻게 사냥 속도에서 큰 격차를 내지 않았을까?

이유는 간단했다.

바로 4구역에서 스켈레톤들을 휩쓸고 있는 서문엽이었다.

서문엽이 증폭된 '던지기'로 8자루의 창을 모두 던졌다.

던진 창은 마나가 적은 2, 3마리의 스켈레톤을 부순 후에 되돌아왔다. 8자루를 로테이션으로 던지니 주변의 스켈레톤들이 삽시간에 전멸했다.

4—3, 4—2 구역에 이어서 4—1 구역까지 혼자서 진입한 서문엽.

그때쯤 다른 팀원들이 세르펜을 처치하고서 5구역을 완전히 섬멸했다.

—5구역이 붕괴됩니다. 60초, 59초, 58초…….

서문엽은 팀원들에게 지시를 내렸다.

"너희는 6구역으로 가고 조승호만 이리로 보내!"

9명의 한국 선수가 6구역으로 사냥을 갔고, 조승호만 서문엽이 있는 4구역에 합류했다.

"여기서 기다려. 4—1 구역 정리하고 올 테니까."

"네……."

가만히 있는 일이야 도가 튼 조승호였다.

서문엽은 4—1 구역에서 4구역의 보스 몹인 '죽음의 기사단'과 맞닥뜨렸다.

죽음의 기사단은 사람들이 지은 별칭으로, 황금빛 갑옷으로 무장한 화려한 스켈레톤 기사 9마리가 모두 보스 몹이었기 때문이다. 그들 9마리를 모두 처치하면 4구역이 붕괴된다.

하나하나가 배틀필드 일류 선수 수준의 파워와 기술을 가졌다는 게 문제인데, 서문엽에게는 별문제가 되지 않았다.

지저 문명이 언데드에게 입력시킨 검술은 뻔했다. 그 검술을 상대할 해법을 다 알고 있는 서문엽에겐 손쉬운 먹잇감이었다. 게다가 이제는 그런 자신의 기술을 뒷받침해 줄 스피드가 있었다.

파앗!

서문엽은 질풍처럼 9마리 사이로 뛰어들었다.

빠각!

순간적으로 엄청난 가속으로 질주해 스켈레톤 1마리를 창으로 꿰뚫어 버렸다. 갑자기 스피드를 올려서 엇박자로 들어간 기습이었다.

다른 8마리가 검을 휘두르며 공격했지만, 더 빠른 속도로 움직여 벗어났다.

서문엽의 현재 속도는 98.

그사이에 97에서 1 더 올랐다.

매일 괴물 같은 뱀을 상대하다 보니 더 빨리 움직여야 한다는 필요성이 몸에 배인 탓이었다. 목표점이 높아지니 훈련에 능률이 붙어서 점점 강해지는 서문엽이었다.

치고 빠지기를 무서운 속도로 반복한 서문엽은 끝내 4구역을 정복하는 데 성공했다.

—4구역이 붕괴됩니다. 60초, 59초, 58초…….

서문엽은 조승호를 데리고 4구역에서 빠져나왔다.

조승호를 불러온 까닭은 간단했다.

"야, 오러 주고 네 갈 길 가라."

"단물만 빨고 버린다는 게 이런 거군요."

조승호는 빠른 사냥을 위해 오러를 다소 소모한 서문엽에게 '오러 전달'을 펼쳤다.

덕분에 오러가 가득 찬 서문엽은 홀로 3구역으로 향했고, 조승호는 다른 팀원들이 있는 6구역으로 이동했다.

서문엽이 어마어마한 스피드로 사냥을 하고 있었기 때문에 이탈리아 대표 팀과 사냥 포인트 격차가 크게 나지 않는 것이었다.

이를 지켜보던 라이너 하임은 경악을 금치 못했다.

'효율적이다.'

서문엽은 아마도 이 세상에서 가장 오러 효율이 좋은 사냥꾼일 것이다. 최소한의 움직임과 힘으로 괴물을 잡는 테크닉과 노하우가 있었다.

그런 서문엽이 다소 오러 소모를 각오하고 사냥 속도를 높이니, 그야말로 폭풍처럼 사냥 포인트가 누적되었다.

그렇게 소모된 오러는 조승호가 보충해 주면 그만이었다.

서문엽 하나를 위해 선수 1명을 소모품처럼 쓰는 격이지만, 그 효과가 나타났다.

'근접 딜러 1명을 더 추가하는 것보다, 서문엽에게 오러를 충전해 주는 게 훨씬 효과적이라는 건가!'

홀로 빛나는 스타보다 여러 선수의 협동이 더 중요하다는 라이너 하임의 고정관념에 금이 갔다.

대신 라이너 하임은 고정관념을 탈피하고서 새로운 가설을 마음속에 제시하게 되었다.

단 1명의 천재.

그리고 그 천재를 받쳐주는 조직력 있는 집단.

'그래, 바로 이거야. 서문엽을 제한할 필요가 없어. 마음껏 날뛰게 해도 돼. 난 서문엽에게 방해가 되지 않도록 나머지 10명의 선수를 조직시키면 되는 거다.'

한국 대표 팀을 어떻게 다뤄야 하는지 비로소 감을 잡은 라이너 하임 코치였다.

하지만 이탈리아의 플레이는 지금부터였다.

그들의 무기는 빠른 사냥뿐만이 아니었다. 빠른 기동력을 이용한 장기 운영은 치고 빠지며 상대 팀에게 피해를 누적시키는 것 또한 주요 포인트였다.

이탈리아가 한국 팀의 사냥을 방해하기 위해 본격적으로 움직였다.

*　　　*　　　*

서문엽이 4구역을 다 쓸어버린 소식은 이탈리아 대표 팀에게도 전달되었다.

—4구역이 붕괴됩니다. 60초, 59초, 58초…….

"4구역이 벌써?"

이탈리아 대표 팀의 캡틴, 치치 루카스의 얼굴이 의아함으로 물들었다.

"한국 팀은 6구역에서 사냥하고 있다며?"

"네, 제가 두 눈으로 확인했어요. 최소 8명 이상은 6구역에 있었어요. 서문엽은 보이지 않았는데, 서문엽을 포함해서 몇 명은 4구역으로 따로 사냥한 것 같은데요."

조금 전에 한국 팀 동향을 정찰했던 스무 살의 젊은 근접 딜러, 프란체스코 카니니가 대답했다.

치치 루카스는 곰곰이 생각하며 중얼거렸다.

"4구역은 스켈레톤들이 있지. 스켈레톤들이라면 서문엽이 가장 좋아하는 사냥감이야."

—나도 서문엽의 경기 영상을 본 적 있어. 스켈레톤을 엄청난 스피드로 때려잡던데.

—4구역에 혼자 갔을지도 몰라. 동료와 함께 사냥하는 것보다 혼자 하는 게 더 빨라 보였거든.

다른 지역에 있던 팀원들도 한마디씩 의견을 제시했다.

치치 루카스는 의견들을 토대로 상황을 정리했다.

"4구역은 서문엽이 혼자서 붕괴시켰을 거야. 끽해야 서포터 조승호나 오러 보충용으로 데려갔겠지. 안 그래도 딜러가 부족한 한국 팀이고, 탱커는 데려가 봐야 거추장스럽다고 생각할 거야."

치치 루카스는 상황을 정확하게 유추했다.

"그럼 놈 혼자 있는 셈이잖아?"

프란체스코 카니니가 눈을 빛냈다.

"놈을 잡자. 녀석이 거만해져서 방심하고 있는 거야."

이탈리아의 신성 프란체스코 카니니.

어린 선수의 재능을 알아보고 키우는 데 탁월한 모로 형제의 동생 필립 모로가 파리 뤼미에르 BC에 데려와 키우던 유망주였다.

프르미에 리그에 데뷔시켜 나단 베르나흐와 함께 투톱의 킬러로 키우려고 담금질하던 중 LA 워리어스가 해적질을 해버렸다.

파리 뤼미에르 BC는 노발대발했지만 대대적인 리빌딩을 추진하던 LA 워리어스는 눈에 뵈는 게 없었고, 나단 베르나흐의 그늘 아래에 있기 싫었던 프란체스코 카니니의 야망과 일치한 결과였다.

역시나 필립 모로가 품질 보증한 유망주답게 메이저 리그에 데뷔하자마자 폭발적인 활약을 펼쳐 이탈리아 국가 대표로도 전격 발탁되었다.

최고가 되고 싶다는 욕망이 가득한 프란체스코 카니니는 당연히 오늘 경기에서 서문엽을 굉장히 의식하고 있었다.

'서문엽은 확실히 강해. 하지만 그런 그를 상대로 내가 킬을 올린다면 단번에 스타덤에 오른다.'

파리 뤼미에르 BC 소속인 치치 루카스에게도 알려지지 않은 이야기를 들었다.

서문엽이 나단 베르나흐와 일대일로 이겼다는 것이다.

심지어 지금은 그때보다 훨씬 강해졌다고 한다.

그 말은 프란체스코 카니니의 승부욕을 더욱 자극했다.

이 스무 살 혈기왕성한 청년에게 서문엽은 최고로 가기 위해 거쳐야 할 관문이었다.

하지만 올해로 28세인 치치 루카스는 동조해 주지 않았다.

"서문엽은 섣불리 건드리지 말라고 감독님이 말씀하셨어."

"섣불리 안 건드리면 되지. 확실하게 킬 각을 설계해 보자고!"

“서문엽을 상대로 확실한 킬 설계를 하려면 이쪽도 너무 많은 투자가 필요해.”

치치 루카스의 말에 다른 지역에서 사냥하던 선수들도 동의하는지 한마디씩 했다.

—서문엽 최근 플레이 영상 못 봤어? 갑옷까지 경량화시켜서는 미친 스피드로 다닌다고.

—마음먹고 도망치면 잡기가 어려워. 서문엽도 빨라진 자기 발에 자신감을 갖고서 혼자 활개 치는 거야.

—캡틴 말이 맞아. 팀으로 충분히 우위를 차지할 때까지는 서문엽과의 충돌을 자제하는 게 좋아.

선배들이 아무도 편을 들어주지 않자 프란체스코 카니니는 불만스러운 표정으로 입을 다물었다.

하지만 치치 루카스가 입을 열었다.

“그런데 벌써 4구역을 정복했다면 한국 팀의 사냥 포인트 획득량도 상당하다는 뜻이야. 한국 팀에 이제 슬슬 제동을 걸어야 할 필요는 있어.”

“내 말이 그 말이야! 이대로 놔두면 서문엽이 너무 크잖아.”

프란체스코 카니니가 재차 서문엽 킬 필요성을 역설했다.

하지만 치치 루카스는 서문엽을 어떤 식으로 견제해야 하는지 이미 감독에게 지시를 받은 바 있었다.

“세 조가 로테이션으로 번갈아 가며 한국 팀을 계속 공격한다. 타깃은 적 탱커 숫자를 줄이는 것과, 피에트로 아넬라의 오러를 소모시키는 것 두 가지다."

—알았어.

—우리 2조가 먼저 시도하지.

탱커의 숫자가 줄어들면 자연히 서문엽이 팀을 돌봐야 하는 부담이 생긴다.

거기에 피에트로의 오러양을 줄여놓는 것도 차후의 한 타 싸움에 대비해서 꼭 필요한 일이었다.

'피에트로를 최대한 아끼려 하겠지만 강한 압박을 준다면 어쩔 수 없이 나서야 할 거다.'

압박을 주어서 서문엽이 팀을 도우러 오게 한다면 그것도 그것대로 이득이었다. 서문엽의 시간과 동선을 낭비시킨 것이기 때문.

그 뒤로부터 이탈리아 대표 팀의 진정한 운영이 시작되었다.

4—4—3으로 나뉜 세 조가 로테이션으로 번갈아 가며 한국 팀을 습격하기 시작했다.

그들의 압박 전술은 세 단계로 나뉜다.

첫째, 적 정찰에 걸리지 않고 침투할 루트를 확보한다.

둘째, 빠르게 습격한 뒤 더 빠르게 물러난다.

셋째, 물러나면서 다른 적이 합류하는지 주변 정찰을 병행한다.

이 3단계 행동을 3개 조가 번갈아 가며 수행한다.

핵심은 위험을 감수하지 않는 선에서 적을 습격하고 빠져야 하며, 기동력이 매우 빨라야 했다.

또한 다른 두 조는 가까운 위치에서 사냥을 하다가, 습격조가 추격을 받아 위험해지면 재빨리 합류할 수 있어야 했다.

여러 가지 응용도 가능했다.

습격조가 적을 공격하고, 다른 두 조는 적의 지원군이 오는 길목에 매복했다가 역습하는 방식이었다.

이는 선수들의 기동력뿐만이 아니라 상황을 판단하고 지휘하는 캡틴의 능력이 중요했다. 바로 치치 루카스가 적임자였다.

파리 뤼미에르 BC의 고핀 감독이 처음 선보인 이 전술은 치치 루카스를 중심으로 맞춰져 있었다.

이것으로 뉴욕 베이스를 처참하게 뭉개 버리며 왕좌 교체를 했었고 말이다.

이탈리아 대표 팀 선수들 전원이 한국 진영 가까이로 이동했다. 그리고 본격적으로 이탈리아 대표 팀의 압박이 펼쳐졌다.

*　　*　　*

—적 출현! 3시 방향!

이나연이 소리쳐 경고했다.

파리 뤼미에르 BC를 그대로 본뜬 이탈리아 대표 팀의 전술은 당연히 한국도 알고 있었다.

이에 대한 해법으로 제시된 것은 이나연을 주변 정찰로 계속 활용하는 것이었다.

매우 빠른 달리기와 점프로 활발하게 돌아다니는 이나연은 이탈리아 측의 습격을 재빨리 캐치해 냈다.

이나연의 경고 덕에 한국 팀은 재빠르게 사냥하던 괴물들을 정리하고 대비할 수 있었다.

서문엽을 제외하고 5명씩 두 조로 나뉘어져 있던 한국 팀은 한 조에 탱커가 2명씩이나 있었기 때문에 단단히 태세를 갖출 수 있었다.

—되돌아가고 있어요. 발각된 걸 아나 봐요.

이나연이 다시 보고했다.

이나연의 정찰에 침투가 들켰다는 걸 감지한 이탈리아 측이 되돌아간 것이다.

"됐군."

채우현이 안도했다.

그러나 서브 오더를 맡고 있던 백하연이 고개를 저었다.

"안심하지 마요. 적 정찰을 속이고 다른 조가 침투하는 패턴도 있으니까."

백하연의 말에 함께 있던 채우현, 심영수, 신태경은 고개를 끄덕이고는 긴장을 풀지 않았다.

백하연도 파리 뤼미에르 BC 소속이었기 때문에 치치 루카스가 이끌고 있는 이탈리아의 전술 패턴을 잘 알고 있었다.

적이 습격을 경계하고 있다는 것쯤은 당연히 이 전술을 펼치는 쪽도 안다. 철저히 경계하면 그만인 전술이 월드 챔스 우승을 이끈 새로운 트렌드가 될 리가 없다.

그렇게 백하연의 조는 경계를 늦추지 않았다.

하지만 습격은 다른 곳에서 터졌다.

—적 출현!

—제길, 치치 루카스랑 프란체스코 카니니야!

백하연도 깜짝 놀랐다.

이탈리아 측이 다른 조를 습격한 것이다.

이나연이 열심히 정찰 다니던 이쪽은 양동 작전이었다.

다행히 습격은 무난하게 막혔다. 그쪽은 피에트로가 있었기 때문이다.

—피에트로 형님이 마법진을 소환하니까 다들 달아나 버렸어요.

심영수가 들뜬 목소리로 말했다.

그런데 그때, 홀로 사냥에 몰두하던 서문엽의 목소리가 모두에게 들렸다.

—피에트로, 걔들 반응이 어땠어?

—치치 루카스와 프란체스코 카니니라는 두 녀석이 마법진을 하나씩 부수더군. 제법이었다.

—그러고는 바로 달아나 버렸고?

—소환까지 지켜보고 달아났다. 내가 오러를 소모하는 걸 노렸나 보더군.

피에트로는 상대측의 의도를 정확히 파악했다.

서문엽도 그럴 줄 알았다는 듯이 말했다.

—들었지? 걔들 계속 습격할 거야. 피에트로의 힘을 미리 빼놓고 싶어 하니까 그쪽 조도 피에트로가 함께 있다고 방심하지 마.

—옛!

—그리고 탱커들.

—예.

—너희들도 타깃에 포함되어 있다. 딜러들 보호하려다가 오히려 너희가 당하는 일이 생길 거야.

—명심하겠습니다.

이후로도 습격은 계속되었다.

백하연 측도 방심할 수 없었다.

이탈리아 측이 이나연의 정찰 패턴을 빠르게 파악하고는 정찰에 포착되지 않는 루트로 습격을 감행한 것이다. 물론 백하연이 민첩하게 대응했지만, 그쪽 조도 약점이 있었다.

"신태경! 적과 너무 붙지 말고 물러……!"

물러나라고 하려던 찰나, 프란체스코 카니니가 신태경에게 매섭게 덤벼들었다.

열심히 적과 싸우던 신태경은 적이 뒷걸음질 치자 저도 모르게 쫓아서 앞으로 돌출되었는데, 그게 적의 유인이었음을 전혀 눈치 못 챘다.

슈칵!

프란체스코 카니니가 롱 소드를 휘둘렀다. 롱 소드에서 오러의 칼날이 쏘아져 나와 신태경을 베어버렸다.

—프란체스코 카니니, 1킬.

"이런……!"

백하연은 프란체스코 카니니를 노려보았다.

프란체스코 카니니는 씨익 웃고는 동료들과 함께 철수했다. 백하연은 자존심이 상해서 뱃속이 끓어오르는 기분이 들었다.

프란체스코 카니니는 백하연도 모를 수 없는 선수였다. 그가 파리 뤼미에르 BC에서 무사히 데뷔했더라면 백하연은 다시 후보로 밀려날 처지였으니 말이다.

'오러의 칼날. 실제로 보니 더 위협적이야.'

거대 사마귀처럼 생긴 괴물 망트와 똑같은 오러의 칼날을 쓰는 프란체스코 카니니의 초능력. 지능이 떨어지는 괴물이 아닌 사람이 쓰니 훨씬 더 살상력이 높았다.

—당한 사람 누구야? 혹시 신태경이냐?

서문엽의 목소리가 들렸다.

"응, 삼촌."

—내 그럴 줄 알았다, 돌대가리 같으니라고.

"이제 어떻게 할까, 삼촌?"

백하연은 메인 오더인 서문엽에게 의견을 물었다.

—뭘 어떻게. 그냥 하던 대로 계속 해.

서문엽은 대수롭지 않다는 듯이 말을 이었다.

—쟤들이 나연이 정찰 패턴을 파악하고 역이용해서 들어왔지?

"응."

—나도 똑같이 해주려고 하니까 기다려 봐.

그 말에 백하연은 안심이 들었다.

서문엽도 가만히 강 건너 불구경만 하고 있던 것은 아닌 듯했다. 습격받는 동안, 서문엽도 이탈리아 측의 움직임을 살피고 패턴을 파악하고 있었던 것이다.

*　　　*　　　*

1킬을 올리며 습격에 성공한 이탈리아 선수 3인은 후퇴하면서 3갈래로 각각 흩어졌다.

그들 전술의 또 다른 특징인 '정찰 겸 후퇴'였다.

세 사람이 각자 세 방면에서 적이 근처에 있는지를 정찰한 뒤에 다시 한자리에 합류하는 전술적 행동이었다.

정찰 경로, 합류 지점도 사전에 다 준비되어 있을 정도로 그들의 움직임은 조직적이었다.

그런데 그중 프란체스코 카니니에게 문제가 생겼다.

"엇?"

프란체스코 카니니는 화들짝 놀랐다.

눈앞에 적 선수 한 명이 나타났기 때문이다.

"한 놈은 이리로 올 줄 알았다."

사내는 씨익 웃었다.

이탈리아의 정찰 겸 후퇴 패턴을 파악하고 미리 잠복해 있던 서문엽이었다.

프란체스코 카니니는 잠시 낭패감이 들었지만, 이윽고 뇌리에 한 가지 생각이 스쳤다.

꼭 내가 지리라는 법은 없지. ──

그것은 승부욕이었다.

* * *

─서문엽과 프란체스코 카니니! 일대일 상황에서 맞닥뜨렸습니다!

─현 세계 최고의 선수로 손꼽히는 서문엽 선수와 이탈리아의 떠오르는 신성 카니니! 일대일 맞대결 성사되나요?

"우와아아아!!"

경기장은 뜨겁게 달아올랐다.

관중들의 기대감 때문이었다.

이탈리아 대표 팀의 선수 하면 치치 루카스의 이름값이 압도적이지만, 프란체스코 카니니 또한 인기가 높았다. 아무래도 대량의 킬을 내는 딜러가 대중의 인기를 얻기 더 쉽기 때문이다.

로이 마이어 때문에 언제나 주목받는 클럽인 LA 워리어스에서 새로운 킬러로 떠오른 프란체스코 카니니는 큰 미국 시장에서 어필함으로써 쉽게 세계적인 인기를 얻었다.

—하지만 프란체스코 카니니 선수, 엄밀히 말해서 지금 상황은 위기입니다. 서문엽 선수와 맞대결할 기량은 아직 아니에요.

—예, 지금쯤 카니니 선수가 많이 궁금할 겁니다. 어떻게 서문엽 선수가 저기서 딱 기다리고 있었는지 말이죠.

—답은 간단합니다. 아까부터 저쪽 7구역에서 홀로 외롭게 웅크리고 있는 조승호 선수가 보고 알려준 거죠!

—정말 인내심 있는 선수죠. 정말 오랫동안 저기서 '투명화'를 펼쳐놓고 숨죽이고 있었거든요.

그랬다.

이탈리아 선수들의 루트는 조승호가 '투명화'한 채 살피고 있었다. 기척을 죽이고 있는 데는 이제 도가 튼 조승호라 이탈리아 측도 전혀 알지 못한 것.

조승호가 알려주고 때때로 '시야 전달'로 보내주는 이미지를 보며 서문엽이 분석한 것이다. 그리고 타깃으로 가장 까다로운 프란체스코 카니니를 택했다.

*　　*　　*

프란체스코 카니니는 긴장했다.

눈앞에 서문엽이 있다.

일대일.

절대 5명 이하의 멤버로 맞붙지 말라고 감독이 신신당부하던 서문엽이다.

바로 도망쳐야 하는데, 프란체스코 카니니의 발이 땅에서 떨어지지 않는다.

겁먹어서가 아니었다. 승부욕이 샘솟았다.

상대가 서문엽이라도 말이다.

'꼭 내가 지리라는 법은 없지.'

일류는 어떤 상황에서든 개인적인 감정을 누르고 냉정해야 한다.

그런데 얄궂게도 끓어오르는 호승심이 없이는 일류가 될 수 없다.

'어차피 도망쳐 봐야 따돌릴 수 없어.'

빠른 발이라면 프란체스코 카니니도 자신 있었지만, 서문엽은 그보다 더 빨랐다. 특히나 경량화된 갑옷을 입고서는 그야말로 광속으로 질주한다.

하지만 맞붙는다면 가능성도 있다.

경량화된 저 갑옷은 프란체스코 카니니도 알고 있었다. 모로 공방에서 만든 실패작이다.

방어력이 너무 부족해 폐기한 신소재로 제작된 것으로, 서문엽의 새 갑옷이라고 잠깐 선수들이 관심을 가졌지만 금방 사그라졌다.

'방어구는 방패밖에 없어. 저 갑옷 따윈 내 오러 칼날에 종이처럼 찢긴다.'

프란체스코 카니니의 주 무기인 '오러의 칼날'은 크고 빠르기 때문에 피하기가 까다롭다.

프란체스코 카니니는 승산이 있다고, 서문엽과 붙어야 한다고 스스로를 합리화시켰다.

한편…….

'꽤 하는 놈이네.'

서문엽도 프란체스코 카니니를 흥미롭게 관찰하고 있었다.

—대상: 프란체스코 카니니(인간)

—근력 82/87

—민첩성 92/98

—속도 93/93

—지구력 79/79

—정신력 77/77

—기술 86/95

—오러 86/86

—리더십 23/50

—전술 46/55

—초능력: 오러의 칼날, 집중력

—오러의 칼날: 도검류의 무기로 오러로 칼날을 만들어 날린다.

—집중력: 승부욕을 느꼈을 때 일시적으로 정신력과 기술이 5 상승.

잠재된 재능은 사니야와 비슷할 정도로 높다.

그런데 초능력은 훨씬 좋다.

사니야의 초능력 '근력 강화'는 일시적으로 근력을 40% 증가시켜 주는데, 프란체스코 카니니의 두 가지 초능력은 그보다 대량의 킬을 따내기가 더 좋다.

물론 활용하기 나름.

사니야는 상대 탱커진을 힘으로 강제로 뚫는 데 좋고, 프란체스코 카니니는 다른 동료가 킬 파티를 벌일 판을 만들어줘야 한다.

'판을 만들어주는 팀원이 소속 팀에 있지. 이 녀석, 팀 운이 좋은 건가, 아니면 그것까지 감안해서 팀을 선택한 거야?'

LA 워리어스에 바로 로이 마이어가 있는 것이다.

킬 파티 벌이기 좋은 판을 팀원들에게 만들어주는 데 도가 튼 아이리시 위저드 말이다.

어쨌든 능력치를 모두 다 끌어 올리고 나면, 나단 베르나흐의 위치에도 도전할 수 있는 재목이었다.

물론 나단도 아직 재능을 완전히 다 개화한 건 아니지만.

아무튼 지금.

자신과 맞닥뜨린 저 스무 살 애송이의 표정이 왠지 패기로 가득 차 보인다.

"해볼 만하다는 표정이네?"

서문엽은 프랑스어로 가볍게 말을 건넸다.

파리에서 유망주 시절을 보낸 프란체스코 카니니는 당연히 알아들었다.

"안 될 건 뭔데?"

"좋은 마인드야. 난 그런 녀석 패는 게 더 재밌더라."

그 말과 함께 서문엽이 달려들었다.

프란체스코 카니니가 곧바로 검을 휘둘렀다.

멀리 떨어져 있었지만, 카니니에게는 모든 거리가 다 공격 범위였다.

검에서 오러의 칼날이 튀어나와 서문엽에게 날아들었다.

길이가 족히 5m는 될 법한 기다란 칼날!

서문엽은 훌쩍 점프했다.

안으로 접은 다리 밑을 아슬아슬하게 스쳐 지나가는 오러의 칼날.

이어서 카니니는 기다렸다는 듯이 칼날을 하나 더 쏘았다. 공중에 점프해 있는 지금이 기회라고 생각한 듯했다.

그러나…….

휘릭!

서문엽은 놀랍게도 창으로 땅을 찍고, 공중에서 한 바퀴 회전하며 오러의 칼날을 다시 피했다. 심지어 창조차도 오러의 칼날에 베이기 전에 회수해 버렸다.

민첩성 107.

카니니는 서문엽이 찰나의 순간에 얼마나 많은 동작을 할 수 있는지 알지 못했다. 때문에 방금 선보인 서문엽의 묘기에 충격을 받아 멍해져 버렸다.

서문엽이 계속 거리를 좁혀오고 있었다.

거리가 좁혀져 창의 공격 범위 안에 들어오면 그때부터는 카니니의 위기였다.

'접근시키면 안 돼!'

서문엽의 창이 얼마나 빠르게 찔러오는지 최근 경기를 보았다. 경각심을 가진 카니니는 오러의 칼날 3개를 만들어 쏘아 보냈다.

가로, 세로, 대각선.

피하기가 여간 까다롭지 않은 형태로 날린 카니니. 확실히 대인전에서 킬을 만들 줄 아는 선수였다.

'막아라.'

카니니는 서문엽이 방패로 막길 바랐다.

일류들의 실전에서 회피 행위는 위험에서 벗어나는 동시에 원하는 위치로 이동하는 역동적인 행위다.

그러나 방어는 수동적이다.

상대의 공격에 의하여 움직임이 제한된 상태다.

등 뒤에 지킬 동료가 있다면 모를까, 지금은 일대일이기 때문에 상황 해석이 달라진다.

상대의 움직임을 제한시키면, 그때부터는 자신의 페이스로 싸움을 이끌 자신이 있는 카니니였다.

일합(一合) 승부라는 말은 거기서 나온다.

일류들은 한 번 가져온 흐름을 절대로 놓치지 않으니까.

파앗!

그렇기 때문에 카니니는 당황했다.

가로 세로 대각선으로 날린 칼날의 삼각형 모양의 틈바구니 속으로 서문엽이 뛰어들었으니까.

절묘하게 그 속을 통과하며 착지.

또다시 거리가 좁혀졌다.

'크윽!'

이제는 불과 10m 남짓.

초인들에게 이 정도는 거리도 아니었다.

“이제는 내 차례 같네?”

한번 이죽인 서문엽이 창을 던지는 그립으로 고쳐 쥐었다.

던지려는 동작을 한 번 보여주자, 맞받아치기 위해 오러의 칼날을 준비하는 카니니.

하지만 빠르게 다시 찌르는 그립으로 고쳐 쥐고, 아까보다 더 빠른 속도로 돌격했다.

이것은 서문엽이 정한 완급 조절 루틴이었다.

스피드로 승부하는 일류 초인들은 저마다의 완급 조절 루틴이 있다. 아무리 빨라도 똑같은 스피드로 움직이면 상대도 적응하게 마련이니까.

한창 때의 백제호나 딸 백하연의 경우는 순간 이동. 아예 움직임의 시작점을 바꿔 버리므로 상대의 허를 찌르기 좋은 최강의 루틴이다.

나단 베르나흐는 분신술과 쌍도법.

분신술로 움직임의 시작점이 두 개로 나뉘어 버리는 사기성 초능력이 있고, 또 하나는 불규칙적으로 휘두르는 쌍도법이다.

정작 킬은 요란 떨지 않고 단칼에 내버리는 나단이지만, 한 번씩 기어를 바꾸는 완급 조절 루틴으로 쌍도법을 쓴다. 그의 쌍도법은 상대가 현혹되지 않을 수가 없으니까.

서문엽은 거기서 힌트를 얻고서 이 간단한 그립 체인지 동작을 루틴으로 삼은 것이다.

그의 투창 또한 매우 강력하기 때문에 상대가 경계하지 않을 수 없다는 장점이 있었다.

갑자기 더 빠르게 달려드는 서문엽에게 카니니는 당황했다.

그 순간, 한 가지 동작을 더 섞었다.

방패를 휘두를 것처럼 들어서 상대에게 또다시 선택지를 준 것이다.

카니니는 당황했지만 판단이 빨랐다.

창과 방패 중 하나를 선택하지 않았다.

그냥 같이 오러의 칼날을 휘둘러서 맞불을 놓았다.

같이 죽을지언정 안 피한다는 투지였다.

그러나 결과는 참혹했다.

푹.

서문엽은 오러의 칼날을 피해, 매우 낮은 자세로 웅크린 채 슬라이딩하며 창을 찔렀다.

창은 가슴을 관통했다.

카니니는 고통을 느낄 틈도 없이 아바타가 소멸되었다.

—서문엽, 1킬.

* * *

"뭐지?"

프란체스코 카니니는 상황 파악을 하지 못했다.

너무 찰나의 순간에 벌어진 일이라 자신이 데스당했다는 사실을 깨닫지 못했다.

뒤늦게 자신이 접속 모듈 안에 있다는 사실을 깨달은 카니니는 서둘러 밖으로 나왔다.

"어떻게 됐죠? 서문엽은요?"

팀 더그아웃으로 돌아온 카니니는 감독에게 물었다.

같이 죽었는지, 자신만 죽었는지 알고 싶었다.

감독은 어두운 표정으로 대형 스크린을 가리켰다.

킬과 데스가 교차된 장면이 리플레이되고 있었다.

"아……."

카니니는 허탈해졌다.

서문엽은 몹시 깔끔한 동작으로 자신의 공격을 피한 채 창을 찔렀다.

그것은 행운도 뭣도 아니었다.

운이 좋아서 저렇게 깔끔한 동작이 나올 수는 없으니까.

카니니 또한 일류 선수였기 때문에 서문엽이 처음부터 원했던 방식으로 자신을 데스시켰음을 알 수 있었다.

"좋은 승부였다. 하지만 결과가 아쉽구나."

감독이 다가와 위로해 주었다.

자존심을 건 승부였기 때문에 이때 질책하는 것은 선수의 멘탈에 좋지 않다는 것을 잘 알고 있는 감독이었다.

하지만 프란체스코 카니니는 고개를 저었다.

“아닙니다. 서문엽의 시나리오대로 당했을 뿐이에요. 오러의 칼날을 난사하면서 도망쳤으면 따라잡히기 전에 동료와 합류할 수도 있었을 텐데…….”

“그래, 그게 더 좋은 선택이었을 수도 있었지. 하지만 다 가정일 뿐이니 자책은 관두자. 상대 팀 서포터가 저기에 처박혀 있을 줄은 생각도 못 했잖니.”

대형 스크린에 투명화한 채 구석에서 웅크리고 있는 조승호의 모습이 보였다.

비겁하게 웅크려 숨은 채로 계속 눈알을 움직이며 주변을 지켜보는 모습.

카니니도 그제야 어째서 서문엽이 자신이 가는 길에 나타났는지 알 수 있었다. 방심하지 않고 조승호라는 선수에 대해서도 분석한 그들이다.

저 선수의 투명화는 움직이지 않을 때만 유지된다.

즉 조승호가 접근하는 것은 얼마든지 알아차릴 수 있는데, 조승호가 미리 가서 웅크리고 있으면 알아차리기 어렵다.

“한국도 우리의 전술에 대해 준비를 아예 안 한 게 아니더구나.”

단순히 오러만 빨고 버리려고 조승호를 출전시킨 게 아니었음이 밝혀졌다.

서문엽은 전술 100의 소유자였다.

상대의 움직임을 관찰할 수 있는 수단만 있으면 분석하고 해법을 찾을 수 있었다.

시야 전달까지 있는 조승호는 그런 용도로 최고였다. 아무것도 안 하고 한자리에 가만히 있게 해도 잘 따르는 인내심도 있었고 말이다.

그렇게 조승호를 활용하여 서문엽은 이탈리아 팀의 공격적인 압박 전술을 파괴해 나가기 시작했다.

습격을 했다가 돌아오는 길에 서문엽을 만나 데스당하는 일이 또 한 번 벌어지자, 치치 루카스도 더 이상은 습격을 더 시도할 수 없었다.

파리 뤼미에르 BC의 전술에 대항하는 해법이 세상에 공개된 순간이었다.

『초인의 게임』 9권에 계속…